文春文庫

鬼平犯科帳（十七）

特別長篇 鬼火

池波正太郎

文藝春秋

本書は昭和六十三年に刊行された文庫の新装版です。

特別長篇 鬼火 目次

鬼平犯科帳（十七）

特別長篇　鬼火

権兵衛酒屋《ごんべえざかや》

その日。

その夜。

その、小さな居酒屋《いざかや》へ、火付盗賊《ひつけとうぞく》改方《あらためかた》の長官・長谷川平蔵《はせがわへいぞう》が立ち寄らなかったら、事件は別のかたちで進行し、おそらく平蔵の目にも耳にも触《ふ》れることなく、すべてが闇《やみ》の幕に閉《と》ざされた向う側で起り、人知れず終りを告げていたやも知れぬ。

その居酒屋には店の名もついていなかったが、土地《ところ》の人びとは、

「権兵衛酒屋《ごんべえざかや》」

と、よんでいるようだ。

つまり、

「名無《なな》しの権兵衛」

ということなのであろう。

権兵衛酒屋は、駒込《こまごめ》の外れにあった。

一

この日の前日に、長谷川平蔵はぶらりと役宅を出て、巣鴨《すがも》村の大百姓《おおびゃくしょう》・三沢仙右衛《みさわせんえ》門《もん》宅へおもむいた。

三沢家は、平蔵の実母お園《その》の生家である。

平蔵の亡父宣雄《のぶお》が長谷川家の跡《あと》をつぐことになり、正妻を迎えたため、平蔵は実母と共に三沢家へ身を寄せ、十余年をすごした事情はすでにのべてある。

そのころ、平蔵に慈愛《じあい》をかけてくれた祖父母も実母も、いまは世に亡《な》い。

現在の三沢家の当主で、何代目かの仙右衛門は平蔵の従兄《いとこ》にあたる。

長谷川家と三沢家の交誼《こうぎ》は絶えず、仙右衛門は江戸市中へ出て来るたびに役宅へ立ち寄るし、季節の野菜などを大量に送りとどけてくれたりする。

平蔵も、一年のうちに二、三度は巣鴨の三沢家を訪ねた。

そのころの巣鴨は、まったくの田園地帯の中に大名や武家の下屋敷や寺院などがあるのみで、市中とちがい、平蔵自身は、めったに見廻りもせぬ。

ゆえに、たまたま、おもいたっては例の浪人姿の微行《びこう》見廻りをかね、本郷から駒込、巣鴨から王子や板橋宿《じゅく》のあたりまで足を伸《の》ばす。

こうしたときに平蔵は、三沢家へ一夜を泊し、従兄・仙右衛門と酒を酌《く》みかわしつつ、幼少のころを偲《しの》ぶのがたのしみであった。

みやげの品があるときは木村忠吾《きむらちゅうご》なぞを従えて行くが、それもすぐに帰してしまい、三沢家へ泊った翌日は単独微行の編笠の中から、それとなくあたりの様子を目にとどめつつ、ゆっくりと役宅へもどるのである。

で、この日……。

昼すぎに三沢家を出た長谷川平蔵は、仙右衛門と共に王子権現《ごんげん》へ参詣《さんけい》をし、境内の料理茶屋で、また、ゆっくりと酒を酌みかわした。

新しい年が明けて、江戸市中は穏《おだ》やかな日々がつづき、盗賊どもの跳梁《ちょうりょう》も打ち絶えている。

二月（現代の三月）に入ったばかりの、妙に生《なま》あたたかい日和《ひより》で、風絶えた空の色が、

「何やら急に、春めいてきた……」

ようにおもわれた。

仙右衛門と別れ、帰途についた平蔵が駒込のあたりへさしかかったとき、すでに夕闇は濃かった。

駒込の富士前町《ふじまえちょう》の裏に、富士浅間《ふじせんげん》神社がある。

このあたりは町といっても名のみのことで、往還《おうかん》に沿った一側に藁《わら》屋根の家が並んでい、そのところどころに小間物屋や笠屋《かさや》、古着屋などがあるという、いわば田舎の宿場町のようなものであった。

(おお、権兵衛酒屋とは此処《ここ》か……)

平蔵は往還から左へ切れ込み、件《くだん》の居酒屋の前に立った。

権兵衛酒屋は、富士浅間神社の鳥居《とりい》前を少し行きすぎた右側の一軒家で、門前にかたまっている茶店や土産物《みやげもの》やからはすこし離れたところにある。

いうまでもなく藁屋根の小さな家で、裏手は一面の竹藪《たけやぶ》だ。

実は先刻、王子権現の料理茶屋で、三沢仙右衛門が、この居酒屋のことを平蔵に語って聞かせた。

仙右衛門が、この店へ立ち寄ったのは去年の秋のことだそうな。

近くの植木屋へ用事があっての帰り途に、権兵衛酒屋の前を通りかかり、この店のうわさをかねがね耳にしていた酒好きの仙右衛門は、

(ちょうどよい。寄ってみようか……)

と、下男の吉蔵《きちぞう》をつれ、中へ入った。

やはり夕暮れどきで、中に入ると五坪ほどの土間に、厚さ五寸《すん》ほどもあろうという欅《けやき》の一枚板の大きな飯台《はんだい》が二つ。そのまわりを腰掛《こしかけ》が取り囲《かこ》んでいる。

これを見て仙右衛門は、

「いっぺんに、気に入ってしまいましたよ」

と、平蔵に、

「こうした店ならば、うわさどおりに、うまい酒を出すとおもいましたが……果して、よい酒を出してくれましてな。いままでに、のんだこともないような、さらりとしていて、舌ざわりのなんともいえぬ、あとの酔《よ》い心地《ごこち》も格別《かくべつ》なので……」

「ほほう……」

「その勘定《かんじょう》の安いのにもおどろきましてな。そこで、この酒は、どこの何という酒かと尋《たず》ねましたところ……」

するとと老いた亭主は一語も発せず、わずかにかぶりを振ったのみだったそうな。知らぬというのか。知っていても教えるのが面倒なのか……。

ともかく口をきかぬのだ。これも六十がらみの女房らしい小肥《こぶと》りの老婆と二人きりで客を迎えるわけだが、店の中へ入ると、大きな木札《きふだ》が正面に掛けてあり、こう書いてある。

> 酒は五合《ごう》まで
> 肴《さかな》は有合《ありあわ》せ一品のみ

老夫婦は客の注文にうなずくのみで、ほとんど口をきかず、勘定のときに女房のほうが、低い声でこたえる。出て行く客に「ありがとう存じます」の一言もかけない。

「ふうむ。おもしろいな、仙どの」

と、身を乗り出した平蔵へ、仙右衛門が、

「あそこの亭主《おやじ》は、どうも、只者《ただもの》ではありませぬよ」

「何故じゃ？」

仙右衛門と下男が権兵衛酒屋へ入ったとき、先客がひとり、飯台の片隅にいて、しずかに酒をのんでいた。その客というのが亭主と同年配の老人で、紋付《もんつ》きの羽織《はおり》・袴《はかま》をきっちりと身につけた人品《じんぴん》のよい侍《さむらい》であって、むろん、浪人ではなく、このような店で酒をのむ客ではなかった。

仙右衛門が店へ入って来たのを見て、その老人が立ちあがって勘定をはらい、奥から出て来た亭主へ、

「また、来《こ》よう」

と、いった。

「うむ……」

重《おも》おもしげにうなずく亭主を見て、仙右衛門は、

(このおやじ、むかしは刀を二つ差していたな)

と、直感した。

老武士は出て行きかけて、ふと何かおもい出したらしく、見送るためについて来た亭主へ、

「丹波守様《たんばのかみ》が亡くなられたぞ。知っているか？」

低声《ていせい》に問《と》うたのが、仙右衛門の耳へ入った。

仙右衛門は知らぬ顔をして、老婆に酒をいいつけた。

亭主は、かぶりを振った。

「では、いずれ……」

老武士が出て行くと、亭主はじろりと仙右衛門を見やってから、奥へ入ってしまったという。

従兄の、このはなしに、平蔵は甚《いた》く興味をそそられた。

それで、立ち寄る気になったのである。

〔権兵衛酒屋〕の戸障子の白さが、平蔵の目をとらえた。

暖簾《のれん》もなく、軒に掛け行燈《あんどん》もない店なのだ。

左手で編笠の緒《お》を解《ほど》きつつ、右手を戸障子にかけた長谷川平蔵が、何気なく視線を転じて、

（や……？）

いぶかしいものを見た。

彼方の竹藪の中へ、さっと隠《かく》れた人影に気づいたのだ。

（はて……おれを尾《つ》けて来たのか？）

そのおぼえは、まったくなかった。

（では……？）

しかし、ためらうことなく、平蔵は戸障子を開け、

「酒をたのむ」

と、店の女房にいった。

二

それから二刻《ふたとき》（四時間）ほど後になって、どうしたことか、長谷川平蔵が〔権兵衛酒屋〕の裏手の竹藪の中に佇《たたず》んでいる。

二刻といっても、そのうちの半刻（一時間）は、権兵衛酒屋にいて酒をのんでいたのだ。

たしかによい酒であったが、平蔵は亭主にも女房にも、はなしかけたりはしなかった。

「有合せ一品のみ」

の、その一品は蒟蒻《こんにやく》であった。

短冊《たんざく》に切った蒟蒻を空炒《からいり》にし、油揚げの千切《せんぎ》りを加え、豆腐《とうふ》をすりつぶしたもので和《あ》えたものが小鉢に盛られ、運ばれて来た。

白胡麻《ごま》の香りもする。

一箸、口をつけた平蔵が目をあげたとき、奥の板場との境に垂《た》れ下っている紺のれんのところにいた女房と、目と目が合った。

平蔵が、さも「うまい」というように、にっこりとうなずいて見せると、女房の目が微《かす》かに笑《わら》ったようだが、依然、口をきこうとはせぬ。

白いものがまじった髪の毛を無造作《むぞうさ》に後《うし》ろへ束《たば》ね、着物の上から鯉口《こいぐち》の半天《はんてん》を引っかけた姿は、老婆ながらきりりとしている。両眼が黒ぐろして大きく、もはや化粧などには縁遠《えんどお》くなった浅ぐろい顔も意外に肌理《きめ》こまやかだ。

酒は、亭主が運んで来た。

女房のほうは、だれが見ても武家の出ではないが、この老亭主は平蔵が看《み》ても、

(まさに、むかしは両刀を帯していた……)

ことに、間ちがいはなかった。

瘦身《そうしん》ながら背すじがすっきりと正しく、針のように細められた両眼の、その目の色をうかがうことはできなかったけれども、いかに町人髷《まげ》に結《ゆ》い、女房と同じ鯉口の半天を着ていようとも、平蔵の目を偽《いつわ》ることはできぬ。

だが平蔵も、つとめて目の光りを消し、黙々と酒をのむだけにとどめておいた。

そのうちに、二人、三人と常客《じょうきゃく》らしいのが入って来た。

このあたりの町家の人びとらしい。いずれも若くはなく、語り合う声もひそやかなのだが、それでいて楽しげな笑顔になっている。この店で酒をのんでいると気が安まるのであろうか。

やがて、平蔵は勘定をはらい、外へ出た。

出たとたんに、これまで気にかかっていたことが、さらに現実のものとなった。

平蔵が戸障子を引き開けたとき、道の向う側に蹲《うずくま》っていた黒い影が一つ、鳥が飛び立つように背後の木立へ走り込むのが見えたのである。

(先刻の奴《やっ》らしい……)

駒込・富士前町《ふじまえちょう》の往還へ出た平蔵は〔釘《くぎ》ぬき屋〕と油障子にある飯屋へ入り、店の小女《こおんな》へ、

「提灯《ちょうちん》を一つ、売ってくれぬか」

と、いった。

この往還は、日光への御成道《おなりみち》でもあるので、夜に入っても何や彼やと人通りが絶えない。飯屋の中には、かなり客が入ってい、こちらは権兵衛酒屋とちがい、近くの大名の下屋敷の渡り中間《ちゅうげん》なぞが酒をのんでいるので、まことに騒々《そうぞう》しい。

こうした店には売り物の安提灯を、かならず置いてある。

提灯に火を入れさせ、外へ出た長谷川平蔵は、怪《あや》しい者の気配《けはい》を感じなかった。

すると、

(やはり、わしを尾けていたのではないらしい。あの男は権兵衛酒屋を見張っていた……)

ことになるではないか。

平蔵は駒込神明宮のあたりまで、ゆっくりと歩を運んだが、

「見捨ててておけまい」

つぶやくと左へ切れ込み、畑の中の道を迂回《うかい》し、権兵衛酒屋の裏手へ出たのである。

それからいままでの長い間を、平蔵は竹藪の中に佇《たたず》み、来るべきものを待っていた。

さいわいに、今夜は春のようなあたたかさであった。

昨夜は三沢家の炬燵《こたつ》に入り、仙右衛門と酒を酌みかわしていたのだ。

(雨になるか、な……)

そうおもったとき、権兵衛酒屋の裏口へ音もなく忍び寄った二つの影を、平蔵は見た。

(やはり、来たな)

こちら平蔵も身を屈《かが》め、すこしずつ接近し、竹藪をぬけ出して石井戸《いど》の蔭へ隠れた。

二人の曲者《くせもの》は浪人ふうの男だが、それでも袴《はかま》をつけている。先刻の見張りの男ではない。

うなずき合った二人が、ゆっくりと大刀を抜きはらった。

(斬《き》り込んで、あの亭主を殺すつもりなのか……)

おもわず平蔵が腰を浮かせたとき、二人は裏口の戸を引き開けようとしている。

戸は開かなかった。

内側から締《しま》りをしてあるらしい……と看《み》て、二人は戸に体当りをくわせた。

たちまち戸が破れ、彼らは中へ躍り込んで行った。

長谷川平蔵は腰の刀に手もかけず、すぐさま、二人の後を追って中へ飛び込んだ。

女房の悲鳴がきこえ、亭主の怒声《どせい》が起った。

このすこし前に、権兵衛酒屋の老夫婦は店仕舞《みせじま》いをし、表の戸を閉《し》めておいたらしい。

そして、二人が一息ついて熱い茶をのみはじめたところへ、曲者どもが乱入《らんにゅう》したのであった。

店の釣行燈《つりあんどん》は、まだ消えてなかった。

それで、飛び込んだ長谷川平蔵の眼が、すべてをとらえることができたのである。

曲者の襲撃は裏手のみではなかった。

表の戸を蹴破《けやぶ》って、これも二人の浪人者が押し込みざま、いきなり女房へ一太刀あびせた。

亭主のほうは、曲者の刃《やいば》をかわして突き退《の》けたのが精一杯のところで、表と裏から押し入って来た四人の浪人の斬撃《ざんげき》に、

「あわや……」

と、おもわれた。

そこへ、平蔵が飛び込んで来た。

平蔵は差添《さしぞ》えの脇差《わきざし》を抜き打ちざまに、曲者の一人の背中を斬り、つぎの一人がおどろいて振り向く、その鼻を切りはらった。

二人とも、裏から押し入ったやつどもだ。

「あっ……」

「うわ、わ……」

二人がよろめき、表から押し入った二人が怯《ひる》むのへ、

「うごくな、神妙《しんみよう》にせよ。盗賊改方・長谷川平蔵である!!」

と平蔵が叱咤《しった》した。

威嚇《いかく》して流血を避《さ》けようとおもい、とっさに名乗ったわけだが、

「おもえば、これがいけなかった……」

のである。

表からの曲者二人は、物もいわずに身を返して逃げ、背中を斬られたやつも裏手へ逃げた。

顔を押え、必死に逃げようとする最後の一人へ、平蔵は当身《あてみ》をくわせ、失心《しっしん》せしめておいて、

「これ、亭主……」

声をかけて振り向くと、亭主の姿が見えぬ。

「や……?」

表へ走り出て見た平蔵の耳へ、闇の中を走り去る足音が右と左に聞こえた。

(亭主が、女房を置《ざ》き去りにして逃げた……)

のである。

これを追うよりも、女房を介抱《かいほう》し、気を失《うしな》った曲者の一人を逃《のが》さぬことが、この場合、先ず肝要《かんよう》のことといわねばならぬ。

平蔵は倒れている浪人の刀の下緒《さげお》を外《はず》して手足を縛《しば》り、つぎに女房の傷を見た。

肩口《かたぐち》を斬られた女房は血にまみれ、これも気を失っている。

(死ぬこともあるまい)

と、平蔵は看《み》た。

「何だ、何があったんだ?」

「権兵衛酒屋じゃねえか……」

二、三人、富士浅間神社の門前あたりから男たちが駆けつけて来た。

三

権兵衛酒屋の女房の名は、お浜《はま》という。

その自分の名は、はっきりと名乗ったお浜だが、

「亭主の名は?」

と、尋《き》かれるや、

「権兵衛と申します」

「権兵衛酒屋の名は、土地《ところ》のものがつけたというではないか。本名を申せ」

「権兵衛でございます」

長谷川平蔵が、いかに尋《たず》ねても、こたえは同じである。

この女房、意外に芯《しん》が強い。

それにまた、女房が肩に受けた傷は軽いとはいえなかった。

女房お浜は、五十八歳だという。

出血もひどかったし、年をとっているだけに、平蔵も無理な訊問《じんもん》はできなかった。

あれから平蔵は、近くの医者に応急の手当をさせ、お浜を町駕籠《かご》で役宅へ運び、火盗改方専属の外科医・中村春庵《なかむらしゅんあん》の手にまかせたのである。

「なんとか、元どおりになりましょうよ」

春庵が与力《よりき》の佐嶋忠介《さじまちゅうすけ》へ、そういったと聞き、平蔵もほっとした。

お浜を役宅へ引き取ったのは、その身に後難《こうなん》がふりかかることをおそれたからだ。

平蔵に鼻を切り裂かれた浪人は、役宅内の牢屋《ろうや》で傷の手当を受けている。

こやつも強情で、与力《よりき》・同心《どうしん》の訊問にこたえようとはせぬ。

もっとも、いのちに別条はない傷だが痛みは激烈らしい。出血もひどいし、平蔵に切られた箇所《かしょ》が箇所だけに、口をきいても言葉にはならず、浪人は恐ろしい唸《うな》り声を発している。

「ちょと、切りどころを誤ったかな……」

平蔵は苦笑して、

「ま、よいわ。傷が癒《い》えるまで、そっとしておけ。後で、わしに考えがある」

と、いった。

権兵衛酒屋には、同心の酒井祐助《さかいゆうすけ》などが出張《でば》り、家の中を仔細《しさい》に調べてみたが、これといって新しい発見はなかった。

つまり、居酒屋の老夫婦そのものの生活が存在していただけのことで、夫婦の前身をものがたる品物や書き物などは、何一つ見当らなかったことになる。

平蔵は、同心と密偵を合わせて、三名、交替で権兵衛酒屋へ詰めさせておくことにした。

曲者どもがあらわれぬまでも、この騒ぎを知らぬ客の中で、たとえば、従兄の三沢仙右衛門が見かけたという老武士が、

「訪ねて来ないものでもない」

からであった。

もし、老武士があらわれたときは、

「何も問いかけるな。亭主と女房は他行中《たぎようちゆう》で、と申せ。そして、その老人の後を尾け、行先をつきとめればそれでよい」

と、平蔵は命じてある。

騒ぎの夜から、三日が過ぎていた。

この間に、長谷川平蔵は、気にかかっていたことを調べてみた。

それは、権兵衛酒屋の亭主を訪ねて来た件《くだん》の武士が、帰りぎわに、

「先般《せんぱん》、丹波守様が亡くなられたぞ。知っているか？」

と、亭主にいったのが、三沢仙右衛門の耳に入ったという一事だ。

「丹波守」というからには大名か、旗本であろう。

近ごろ、丹波守を名乗る人物で死去したものはいないか……先ず、それを調べさせると、すぐにわかった。

それは半年ほど前のことで、赤坂の溜池《ためいけ》に屋敷を構える渡辺丹波守直義《わたなべたんばのかみなおよし》という七千石の大身《たいしん》旗本が六十一歳で病死していた。

七千石といえば、小さな大名《だいみょう》にも匹敵《ひってき》する。

それでいて、大名家ほどに格式にとらわれずにすむので、内所《ないしょ》はまことに裕福《ゆうふく》なものだ。

おもうに権兵衛酒屋の亭主と、かの老武士とは、渡辺丹波守の知遇《ちぐう》を得ていたようにおもわれる。

それも、亭主のほうは、ずっとむかしのことであったろう。

いずれにせよ、

(曾《かつ》ては、あの亭主、将軍家に仕《つか》える家の人だったにちがいない)

と、平蔵は看《み》てとった。

何らかの事情あって、それが両刀を捨て、駒込あたりへ身を隠し、居酒屋の亭主になっていたのだ。

土地の人びとのはなしによると、老夫婦が住みついたのは五年ほど前のことで、空家《あきや》だった古い百姓家を買い取り、

「はじめるともなく……」

商売をはじめたのだという。

そして、五年後に亭主は刺客の襲撃を受けた。

さらに、傷ついた女房を捨てて、亭主は曲者たちと同じように逃げ、姿を晦《くら》ましてしまったのだ。

(だが、あのとき、わしが名乗らなかったら、どうであったろうか?)

亭主は、盗賊改方の長谷川平蔵と聞いて、

(逃げたのではあるまいか。もしも、そうならば……?)

捨ててはおけぬことになる。

平蔵は熟考した末に、この事件を、若年寄《わかどしより》の京極備前守高久《きょうごくびぜんのかみたかひさ》へ届け出ることにした。

何分にも、七千石の幕臣・渡辺丹波守の名が浮かび出たのでは、これを独断で処理してはならぬとおもった。

「ふうむ……」

平蔵の報告を、京極備前守は熱心に聞き入った。

若年寄は老中に次ぐ幕府の重職《じゅうしょく》であって、火付盗賊改方は、これに直属している。

京極備前守は、まだ四十そこその年齢だが、長谷川平蔵ほどの男が、

「よくできた御方じゃ」

と、洩《も》らすほどなのだから、その人柄はおよそ知れようというものだ。

備前守は、かねてから平蔵を信頼することが厚く、何かというと幕府から、

「継子《ままこ》あつかい……」

にされる盗賊改方を、親身になって庇護《ひご》してくれ、

「すくないが、御役目の足しにいたしてくれ」

こういって、手元金《てもときん》を平蔵へたまわったことも二度や三度ではなかった。

幕府から出る役料《やくりよう》などでは、盗賊改方という役目は到底《とうてい》つとまらぬ。

役目をおろそかにしているのなら、わけもないことだが、江戸市中に跳梁《ちようりよう》する盗賊どもを相手にするためには、密偵《たんさく》たちや情報を提供してくれる者たちへ絶えず金を撒《ま》いておかねばならぬし、いざ、探索ともなったとき、

「金を惜しんでいては……」

成果があがらぬ役目なのだ。

平蔵は、亡父が遺《のこ》してくれた財産も、ほとんどつかい果してしまっている。

京極備前守は、そうした事情をよくよくわきまえているにちがいなかった。

「たしかに聞いた」

平蔵の報告が終ったとき、備前守高久が強くうなずき、かなり長い間を沈思《ちんし》していたが、ややあって、

「のう、平蔵」

「はい」

「これは、な……」

「は……？」

「いますこし……」

「いますこしと、おおせられますのは？」

内密《ないみつ》にしておき、おぬしが探《さぐ》ってみてもらいたい」

「かまいませぬか？」

「かまわぬ。責任《せめ》は、わしが負《お》おう」

「備前守様には、かの居酒屋の亭主を御存知なのでございますか？」

「いや、それは知らぬ」

「…………？」

「これは、わしの勘《かん》ばたらきにすぎぬ。わしもよくよく考えてみるが、その間、おぬしがおもうままに、探ってみてもらいたい。いかがじゃ？」

「かしこまりました」

「たのむ」

平蔵に対して備前守は、何事にも肚《はら》の内を見せてくれる。

（これは、備前守様のおおせのままに受け取ろう）

平蔵も備前守に対しては、深く信頼を寄せている。

いざとなれば、

（この御方のために……）

殉《じゅん》ずる覚悟《かくご》は、すでにできていた。

四

事件の後、五日が過ぎた。

盗賊改方では、権兵衛酒屋へ詰めきるのと同時に、近辺《きんぺん》の聞き込みをつづけたが、これといって役立つような収穫《しゅうかく》はなかった。

亭主も女房も、ほとんど人づきあいをしていないし、何しろ、店へやって来る客にすら口をきかないのだから、どうしようもない。

それに、あの夜の騒ぎが近辺に知れわたっている。

さらに、盗賊改方の捜査《そうさ》がおこなわれているとなれば、

「魚も網《あみ》にはかからぬわ」

と、長谷川平蔵は苦笑を洩《も》らした。

それというのも、かの無頼浪人《ぶらいろうにん》を捕《とら》えておいたし、傷ついた女房のお浜も役宅に庇護《ひご》してあるので、

（ま、ゆるりと探ってみよう）

その余裕《ゆとり》があったからだ。

お浜は、依然、口を閉《と》ざしている。

肩の傷が意外に重《おも》かった所為《せい》もあったろう。

「このような、ひどいことをされた心当りがあろう。どうじゃ？」

佐嶋忠介が問いかけても、お浜は弱々《よわよわ》しげにかぶりを振るのみであった。

逃げた亭主の行方《ゆくえ》についても、同様なのである。

「ともあれ、傷が回復《かいふく》に向かわぬことには、どうにもなるまい」

そして七日目。

同心の小柳安《こやなぎやす》五郎《ごろう》が、平蔵の居間に面した奥庭へ来て、

「浪人め、大分に弱ってまいりました」

と、いう。

顔面の傷は回復しつつあったし、食欲もあるのだから、躰《からだ》が弱ったというのではない。

心が、弱りはじめたらしい。

こうなっては、もはや仕方がないとおもいはじめたらしい。

これは、浪人の自白がせまってきたことを意味する。

「苦労であったな」

平蔵は、小柳同心をねぎらった。

いま、小柳安五郎が浪人の専任となり、きびしく責めたてるかとおもえば、物やわら

かに説得したりしている。

同心の中でも小柳安五郎は、すぐれて人情の機微《きび》に通じてい、急《せ》かず焦《あせ》らず犯人に泥を吐かすことにかけては、先ず随一《ずいいち》といってよい。なればこそ平蔵がねぎらったのだ。

「そろそろ、わしが牢屋《ろうや》へ出向いてみるかな」

「ぜひにも、御願い申しあげます」

「では、明日にいたそう」

と、平蔵がいったのは、この日、別の用事で京極備前守邸へおもむくことになっていたからである。

後になっておもえば、これがいけなかった。

平蔵が役宅を出たあとで、小柳が牢屋へもどり、浪人へはなしかけるや、

「鬼の平蔵に取《と》っ捕《つか》まったのじゃあ、どうにもなるまい」

顔を覆《おお》った繃帯《ほうたい》の中から、浪人は聞き取りにくい言葉で、

「浦田又八《うらたまたはち》」

と、名乗ったそうな。

(しめた!!)

小柳安五郎は、もう大丈夫とおもったが、尚《なお》も長官《おかしら》の人柄を懇々《こんこん》と説き聞かせると、
浦田又八が、

「う……わかった。よく、わかった。今夜、ゆっくりと考えてみようよ」

「悪くは計《はか》らわぬぞ」

「だが、おれにはおれの考えもあってな……」

「どんな考えだ？」

「それを、おぬしにいってもはじまらぬよ」

こういって浦田浪人は、ふと、遠いところを見つめるような眼《まな》ざしになった。

そして翌日。

朝餉《あさげ》をすませた長谷川平蔵が、牢屋にいた小柳安五郎をよび、

「どうじゃ、小柳。これから牢屋へまいってみようとおもうが……」

「はい。御願いをいたします」

「きゃつめ、声が言葉になるのか？」

「もはや、大丈夫でございます」

「よし」

平蔵が腰をあげたとき、異変が起った。

何と、浦田又八が、急死してしまったのだ。

浦田浪人自身にしても、まさか、このような突然の死に見舞われようとはおもっていなかったろう。

もっとも、浦田が小柳に、こんなことを洩らしたことがあった。

「おれは持病《じびょう》もちでな。さようさ、あと十年は生きられまいよ」

見たところ、がっしりとした躰つきだし、血色も悪くなく、年齢は「三十を越えたばかりさ」といっていた浦田又八だ。

この朝。

浦田は、牢屋の中で傷の手当を受けたのち、

「ああ……おれも、いよいよ年貢《ねんぐ》のおさめどきか……」

げっそりとしたように、つぶやいた。

やがて、小柳安五郎が、

「これ、浦田。長谷川様の御取り調べがあるやも知れぬ。そのつもりでいるがよい」

やさしく声をかけてやり、牢屋から出て行って間もなく、

「むう、うう……」

浦田又八の、何ともいえぬ唸り声が聞こえた。

いま、牢内に押し込められているのは、浦田一人であった。

「おい、どうした？」

二人の牢番が駆けつけてみると、浦田又八が右手で牢格子《ろうごうし》へしがみつき、左手を左胸下《むなした》へ当て、歯を喰いしばり、白眼《しろめ》をむき出し、

「は、早く……小柳さんを、早く……」

搾《しぼ》り出すようにいった。

「よし。待っていろ」

牢番の一人が走り出て、奥庭へ駆け込み、平蔵と小柳へ、

「た、大変でございます」

告げたときには、牢内の浦田又八が断末魔《だんまつま》の態《てい》となり、抱き起した牢番へ、

「う、うう……」

「しっかりしろ。おい、しっかり……」

「こ、小柳さんに……いってくれ……」

「な、何をだ。え、何をいうのだ？」

すると、浦田が、

「よ、し……よしの……」

辛《かろ》うじて、こういったかとおもうと、息絶えてしまったのである。

平蔵と小柳は、その直後に牢内へ駆け込んで来た。

すでに遅い。

「よしの……と申したのじゃな？」

「何分にも、その、唸り声といっしょだったものでございますから、はっきりとは、その……」

と、牢番。

「うむ。もっともじゃ。なれど、お前の耳には、よしのと聞こえた。そうじゃな？」

「さようでございます」

この牢番は、まだ若くて、しっかりした男だ。

「とんだことに……」

と、物に動ぜぬ小柳安五郎の顔色も、さすがに変っている。

すぐに医者がよばれ、浦田又八の検屍《けんし》がおこなわれた。

心ノ臓の発作《ほっさ》が、浦田を襲ったらしい。

いまでいう心筋梗塞《しんきんこうそく》のようなものであったのだろうが、現代とちがって、そのころは当人がそれと病状を告げぬかぎり、あらかじめこれを発見することは不可能の事といってよい。

外科医・中村春庵によれば、顔の傷の手当をしているときも、さして心ノ臓が苦しげな様子を、浦田は見せなかったという。

「小柳。葬《ほうむ》る前に絵師をよび、人相《にんそう》を写《うつ》しておけ」

「はい」

長谷川平蔵は牢屋から出て、軽く舌打ちをした。

(昨日のうちに、浦田を取り調べておけばよかった。備前守様へは、その後で目通りをしてもよかったのじゃ……)

このことであった。

唇《くち》をかみしめ、奥庭づたいに居間へ向いながら、

「よ、し、の……」

平蔵は、浦田又八が言い遺《のこ》した三語を口にのぼせてみた。

五

浦田浪人の人相を写したのは、絵師《えし》・石田竹仙《いしだちくせん》である。

竹仙は、むかし、旅絵師をしていたころ、遠州無宿《えんしゅうむしゅく》の盗賊・熊治郎と組んで盗みばたらきをしたのが原因で、あの〔盗賊人相書〕事件の主要な役割りをつとめた。

そのとき長谷川平蔵に救《すく》われた石田竹仙は、いま、本郷の妻恋《つまごい》坂に居をかまえ、妻子と共に平穏な日々を送り迎えている。

竹仙は、平蔵から受けた恩義を忘れることなく、犯人の人相書を描くことがあれば、

「いつにても駆けつけまする」

と、いっている。

肖像画を得意とする石田竹仙は、近ごろ、大名家や大身旗本からの依頼も多くなり、画名も知れわたってきているが、盗賊改方からの呼び出しとあれば深夜でも駆けつけて来る。むろん、いかにすすめても「とんでもないこと……」と、画料を受け取らぬ。

人相書を描く絵師は、別に二人もいるが、何といっても竹仙とは技量《ぎりょう》がちがう。

そこで重い事件になると、石田竹仙をたのむことになってしまうのだ。

浦田浪人の人相書は、

「竹仙にたのめ」

こう命じておいて、長谷川平蔵は、ぶらりと役宅を出て行った。

編笠に着ながしの、いつもの市中見廻りの浪人姿であった。

平蔵の足は、駒込の権兵衛酒屋へ向っている。

探索におもい悩《なや》むとき、何の目的もさだめず、平蔵は先ず役宅を出てみることがある。

そうしたとき、平蔵の本能と勘のはたらきが、

「知らず知らずのうちに……」

足を運《はこ》ばせてくれることが少くない。

この日も、そうだ。

今日の権兵衛酒屋に詰めているのは、同心・木村忠吾《きむらちゆうご》と、密偵大滝《おおたき》の五郎蔵《ごろぞう》・おまさの夫婦で、

「わざわざのお運び、御苦労に存じます」

と、権兵衛酒屋へあらわれた長官を出迎えた忠吾め、口《くち》のまわりに団子《だんご》の餡《あん》をこびりつけているではないか。

平蔵は、その口の端《はた》の餡を指で刮《こそ》げ取り、

「女房ができても、まだ、この始末か……」

忠吾の鼻の頭へ、擦《こす》りつけた。

「恐れ入ります」

「お前は、甘辛《あまから》ともに際限《さいげん》なしなのだな」

「はい」

「ひとりか？」

「五郎蔵夫婦は、聞き込みに出ております」

「留守番《るすばん》のお前は、だんごと相撲《すもう》を取っている」

「へ、へへ……」

「ばかもの」

「はっ……」

そこへ、おまさがもどって来た。

いつもの、小間物行商の姿で、顔にうす汗《あせ》を浮かせたおまさが、

「あ、長谷川さま。ちょうど、よいところへ……」

「何とした？」

「この居酒屋の、おかみさんの素姓《すじょう》を知っている人が見つかりましてございますよ」

「まことか？」

「はい」

「何者だえ？」

「吉祥寺門前《きっしょうじもんぜん》で笠屋をしている勘造《かんぞう》という老爺《としより》でございます」

「ほう……」

だが、おまさは、まだ当の勘造に会ってはいない。

おまさに、このことを告げたのは、同じ吉祥寺門前で茶店を出している与吉《よきち》という老爺であった。

おまさが先刻、与吉の茶店〔かしわや〕へ入って足を休め、茶をもらって、それとなく権兵衛酒屋の事件へふれ、

「あそこのお婆さんに、去年の秋ごろ、ずいぶんお世話になりましてねえ」

こういうと与吉が、

「へえ。そりゃ、どんな……？」

「あの居酒屋の前で、私が癪《しやく》を起し、苦しんでいましたら、親切に薬をおくんなさいましてね。しばらく奥で休ませてもらいました」

「ふうん……めずらしいことがあったものだ」

「どうして？」

「どうしてって、お前さん。あそこの夫婦ときたら……」

語りはじめた与吉へ、おまさがうまく調子を合わせると、与吉が声をひそめ、

「ほれ、この先に、小さな笠屋の店があるだろう。あそこのおやじはね、権兵衛酒屋の婆さんの若いころを見ているらしい」

「まあ……」

いまのお浜からは想像もつかぬほどに、

「いい女だった……」

笠屋の勘造が与吉に、そう洩らしたそうな。

「それだけか？」

と、長谷川平蔵。

「はい。それで笠屋をあたってみる前に、御指図《さしず》をと存じまして……」

「笠屋のおやじの顔を見たか？」

「いえ、奥にいたらしゅうございます」

そのときの与吉は、勘造に、権兵衛酒屋の女房について深く尋《たず》ねるほどの興味をもっていなかったようだ。

「わしもさ、一度だけ、権兵衛で酒をのんだことがあるがね。二度と、あんな陰気《いんき》な店でのみたくはないね。それがまたいいというんで、のこのこ出かけるやつらがいるらしい。おどろいたものさ」

と、与吉はおまさにいった。

「よし」

うなずいた平蔵が、

「おまさ。五郎蔵を探して、裏口から、もどって来てくれ」

「はい」

「忠吾は、その笠屋の勘造を此処へ連れてまいれ」

「何と申して？」

「かまわぬ。おれの名を申せ」

「かしこまりました」

六

笠屋の勘造は六十がらみの、小柄な老爺で、品のよい顔だちをしている。

父親の代から、吉祥寺門前で笠屋をしているらしい。笠屋といっても、雨傘もあるし、合羽《かっぱ》から足駄《あしだ》、提灯《ちょうちん》その他、いろいろな雑貨を商《あきな》っているのだ。

木村忠吾の後ろから、いかにも恐れ入った態《てい》で権兵衛酒屋へ入って来た勘造へ、平蔵が、

「まあ、爺《とっ》つぁん。気を楽にしておくれよ、いいかえ。わしが長谷川平蔵だ」

ぐっとくだけた口調で、ものやさしげにいいかけたものだから、

「……………?」

びっくりして、平蔵を見た。

平蔵の名は、この老爺の耳へも聞こえている。

兇悪《きょうあく》な盗賊が「鬼……」とよんで畏怖《いふ》するほどゆえ、どんなに恐ろしげな人かとおもっていたにちがいない。

「忠吾。爺つぁんに、それ、お前が食べ残しのだんごを出してやるがよい。そうじゃ。わしにもくれ。茶を熱くしてな」

「はっ……」

忠吾が運んできた団子を、先ず口にした平蔵が、

「さ、おあがり」

「と、とんでもないことでございます、へい」

「わしの御役目は、お前もよくよく知っていてくれるであろうが、みんな、いのちがけではたらいているのだ」

「もったいないことで……」

「そこで、この御役目には、どうしても、お前たちのような町の人びとの助けを借りねばならぬ。この店で起った事件《こと》を、お前も耳にはさんだろうが……亭主は逃げ、女房は曲者《くせもの》に肩を切られてのう」

「へ、へい……」

「女房の身柄は、いま、わしがあずかり、手当をしているが、この女、なかなかに口をきいてはくれぬ」

「へへえ……」

勘造が、あんぐりと口をあけて、

「むかしのまんまだ……」

と、つぶやいたものである。

「むかしのまんま、とは?」

「へ……三十年も前のことでございます」

「うむ、それで?」

「私も、へえ、くわしいことは存じねえのでございますが、三十年ほど前に、私の友だちで、同じ笠屋をしておりました友次郎《ともじろう》という男の、女房だったのでございますよ」

「ここの婆さんがか?」

「へい。この店にいるのがわかりましたのは、さよう……三年ほど前の夏でございました。ちょうど、この前を通りかかりますと、お浜さんが外で水を撒《ま》いておりましてね」

「ほう……」

二人の目と目があって、

(どうも、見たような……そうだ、友次郎の女房だった……)

おもいあたった勘造が、いったんは行きかけた足をとめて振り向き、

「もしや、お前さん。お浜さんじゃあないかね?」

問うや、お浜が凝《じっ》と勘造を見て、しずかにかぶりを振った。これは自分がお浜ではないと、否定《ひてい》したことになる。

そして、お浜はすっと家の中へ入ってしまった。

「へえ、もう、狐《きつね》につままれたようでございましたが、帰って、つくづく考えてみるに、やっぱりその、友次郎の女房にちがいないのでございます。それから三度ほど、この近所で見かけましたが、間ちがいはございません」

「つぎに見かけたときも、声をかけたかえ？」

「いんえ……」

勘造は何やら哀《かな》しげな微笑《びしよう》を浮かべ、

「聞けば、いまは、この店の女房らしいので、それからは声もかけず、お浜さんを見かけたら、こっちが逃げるようにしておりました。何といっても女というものは、可哀相《かわいそう》なものでございますから……」

「なるほど……」

勘造がお浜をはじめて見たのは、三十年ほど前に、二年ぶりで千住《せんじゆ》の宿《しゆく》を通りかかったとき、小千住《こせんじゆ》で笠屋をしている友次郎を訪ね、

「おい、勘造さん。これが今度の女房だよ」

と、引き合わされたのである。

友次郎は三年前に女房を亡くしていたが、そのころ、勘造の女房はまだ元気であった。

二人とも子がなく、

「へえ、一昨年、女房に死なれましてからは、ひとり法師《ぼっち》でございますよ」

勘造は平蔵にそういった。

「で、その友次郎は、いまも小千住にいるのか？」

「それが、その、二十年ほど前に亡くなりましたので……」

「その後、お浜は？」

「友次郎が死んだと聞いたのは、三月《みつき》も後になってからで、すぐ小千住へ駆けつけましたら、女房は店をたたみ、どこかへ消えてしまったというんでございますよ」

「ふうむ……」

勘造が知っていることは、これで、ほとんど聞きつくしたといってよい。

平蔵は、しきりに辞退をする勘造へ「こころづけ」をあたえて帰した。

五郎蔵とおまさは大分前にもどって来て、勘造のはなしに耳を澄ませていた。

「三人とも、いまのはなしを聞いたな。おまさは、このよしを役宅の佐嶋忠介に告げ、小千住の友次郎夫婦について、知れるかぎりのことを探るようにとつたえてくれ」

「はい」

「五郎蔵と忠吾は、明日の交替《かわり》が来るまでは此処に詰めているがよい」

「長谷川さまは、御役宅へおもどりになりませんので？」

と、おまさ。

「うむ。今夜は巣鴨の三沢家へ泊り、明朝に帰ると佐嶋へ、な」

「かしこまりました」

すぐに、おまさは出て行った。

いつの間にやら、夕闇が淡くただよいはじめていた。

七

平蔵が、三沢家へ泊るつもりになったのは、権兵衛酒屋の亭主を訪ねて来ていた老武士の人相や姿かたちなどを、従兄の仙右衛門から、あらためて尋《き》き取りたいとおもいたったからだ。

死去した渡辺丹波守については、若年寄・京極備前守と密接な連絡をとりつつ、内偵《ないてい》をすすめている。

「では、たのむぞ」

忠吾と五郎蔵に、いろいろと指示をあたえた長谷川平蔵が外へ出たとき、夕闇はさらに濃さを増していた。

表通りへ出たとき駕籠《かご》が一挺《ちょう》、本郷の方からやって来て、平蔵を追いぬきざまに、

「旦那。板橋《いたばし》へ帰《けえ》り駕籠でごぜえやす。お役に立ちませぬかい？」

駕籠舁《か》きが声をかけてよこした。

板橋宿《じゅく》の駕籠らしい。

「おお。巣鴨まで寄ってくれるか？」

いささか疲れていたし、

（ちょうどよい）

と、平蔵はおもった。

「さあ、お乗りなせえ」

「よし。たのむ」

するりと、平蔵は駕籠へ乗った。

それより、すこし前のことだが……。

吉祥寺門前の笠屋の店では、勘造が表の戸を閉《し》めはじめている。薄暗くなった表通りを行く人の影は、まだ絶えておらず、茶店などには灯《あかり》が入り、客の姿も見えていたが、年齢《とし》をとってからの勘造は、日暮れと共に店を閉《し》めてしまうのが習慣となってしまった。

(お浜さんが、重い傷を負《お》ったというが大丈夫だろうか？　それにしても、長谷川平蔵さまという御方は、なるほど大したものだ。ま、あんな御方に助けられたのだから案じることもあるまい。逃げた亭主も、おっつけ帰って来るだろうよ)

と、勘造は気楽に考えている。

老齢となってからは、つとめて、面倒な事から身を避けようとしている勘造であった。

表の戸じまりをすませ、行燈《あんどん》に火を入れてから、勘造は小さな仏壇《ぶつだん》の前へ坐《すわ》った。

朝と、店を仕舞《しま》ってからと、夜の眠りに入るときと、日に三度は仏壇に向って死んだ女房にはなしかけるのである。

老爺の独り暮しでは、夕暮れどきが、ひときわ物哀《ものがな》しくなってくる。

「おきね。今日は、いろんなことがあったよ……」

と、勘造は語りかけた。

間もなく勘造は、仏壇の前をはなれた。

「さて、一杯いただこうか……」

独り言《ごと》が癖《くせ》になってしまっている。

毎日のたのしみにしている晩酌《ばんしゃく》の酒の仕度をするため、勘造は台所へ立って行った。

「だが、大分にちがってきた。もう、火鉢もいらねえほどだ」

つぶやいて身を屈《かが》めたとき、台所の戸が、外から引き開けられた。

振り向いた勘造が、

「だれだい？」

と、いいかけて声をのんだ。

物もいわずに三人の男が押し込んで来たのだ。

「声を出すと殺すぞ」

一人が低い声で脅《おど》し、短刀《あいくち》を勘造の腹へつきつけた。

「な、何をしなさる……」

「よし。それくらいの小せえ声にしろ、いいか」

「う……」

「手前《てめえ》、今日、権兵衛酒屋へ行ったな？」

「あ……」

「行ったな、おい」

「え、行きました。でも、それは、盗賊改メによばれて、あの……」

「よけいなことをいうな」

「へ……」

「盗賊改メに何をしゃべってきやがった。それをいえ」

勘造を脅している男を長谷川平蔵が見たら、何とおもったろう。

こやつは、先日、平蔵が権兵衛酒屋へはじめて入ったとき、外で見張っていた怪しい男なのだ。

身なりは堅気《かたぎ》のものだが、身のこなしにも目の配《くば》りにも隙《すき》がなかった。

三人の男のうちの一人が、だまって裏口へ出て行き、戸を閉めた。外を見張るつもりなのであろう。

「おい、爺《とっ》つぁん。何をいったと訊《き》いているのだ。返事をしねえか?」

「いえ、何も、その……」

「しらばっくれてすむとおもうなよ。おい、おれたちは、擦《す》り切れた雑巾《ぞうきん》みてえなお前を、あの世へ送ることなぞ、わけもねえのだ」

淡々としていうのが、むしろ恐ろしかった。

「さ、早くいえ」

「へ、へい」

勘造の細くて小さな老体が、瘧《おこり》のようにふるえている。

同じころ……。

長谷川平蔵を乗せた駕籠は上《かみ》富士前町を過《す》ぎ、王子権現へ向う道から左へ曲がった。

そこは、前田加賀守（加賀・金沢百二万余石）中屋敷と藤堂和泉守《とうどういずみのかみ》（伊勢・津三十二万三千余石）の下屋敷にはさまれた幅《はば》三間《げん》の道で、これを突きぬけると巣鴨へ出る。

両屋敷とも、それはもう広大《こうだい》なものであって、長い長い練塀《ねりべい》が何処までもつづいていた。

駕籠舁きは、すでに提灯をつけていたが、このあたりの地形を知りつくしている足取りで、

「もうじきに、桜花《はな》が咲くなあ」

「そうよなあ」

前と後《うし》ろとでいいかわしたとき、前方から急に足音が近づいて来た。

大名屋敷に囲《かこ》まれた道を、この時刻に通る者はあまりないはずだが、だからといって、別に不審なことでもない。

前から来るのは二人の男であった。

先棒《さきぼう》の駕籠舁きは、

(侍《さむれえ》だな……)

と見て、駕籠を前田家中屋敷の塀へ寄せるようにした。

男たちは浪人ふうの二人連れで、近寄って来ると、

「おい、おい」

先棒に、よびかけたものである。

このとき、後ろの駕籠舁きは、背後から小走りに接近して来る足音を聞いた。一人ではない。二人か三人の足音だ。

先棒の駕籠舁きが声をかけられたものだから、

「へい……?」

足をとめた、その転瞬《てんしゅん》、浪人が物もいわずに抜き打った。

「うわ……」

頸部《けいぶ》の急所を一太刀にはね切られた先棒が、悲鳴を発して転倒する。

駕籠が、前のめりになった。

「な、何をしゃあがる!!」

後ろの駕籠舁きが叫んだとき、背後から走り寄った、これも二人の浪人のうちの一人が、

「む!!」

駕籠舁きの背中へ刃《やいば》をあびせた。

「わあっ……」

驚愕《きょうがく》し、よろめいて逃げようとするのへ、別の一人がとどめの突きを入れた。

幸か不幸か、駕籠は倒れぬ。

たちまちのうちに二人の駕籠舁きを斬殺した浪人どもが、前に二人、後ろに二人、いずれも抜刀して駕籠を取り囲んだ。

すでに、夜の闇である。

先棒が放《ほう》り落した提灯の火が、めらめらと燃えあがった。

駕籠の中の長谷川平蔵、声もなければ、うごく気配もない。

ちょうど、そのころ……。

吉祥寺門前の笠屋の裏手へ、近くの古着《ふるぎ》屋の女房があらわれた。

女房は、焼豆腐《やきどうふ》の煮たのを小鉢に入れ、笠屋の勘造のところへ持って来たのだ。

おとなしい勘造の人柄ゆえ、近所の女房たちも気の毒におもうらしく、

「あの年齢をして、独りきりになってしまったのだから、さぞ不自由だろう」

と、洗濯をしてくれたり、惣菜《そうざい》をとどけてくれたりする。

(おや……?)

共同の石井戸のところまで来て、古着屋の女房が立ちどまった。

彼方の、勘造の家の裏の戸が開き、中から二人の男があらわれたのを見たからだ。

すると、どこからともなく別の男があらわれ、三人の男は細い裏道を南の方へ去った。
夜の闇の中で、男たちは古着屋の女房が目に入らなかったらしい。
女房は、勘造の家の裏口へ行き、
「もし、勘造さん。ごめんなさいよ」
いつものように気やすく、台所の戸を引き開けた。
台所に、むっと生ぐさい血のにおいがこもっていた。
古着屋の女房のけたたましい悲鳴が起った。
（お客が来ていたのかしら……？）

危急《ききゅう》の夜《よる》

一

四人の浪人は、長谷川平蔵が乗った町駕籠《かご》の前後を囲《かこ》み、さらに両傍《わき》へ廻《まわ》り込んだ。

このとき、駕籠の中の平蔵は、どうしていたろう。

どうしようもなかったに相違《ちが》いない。

狭《せま》い駕籠の中に坐《すわ》り込み、大刀は肩に寄せかけたままの姿勢なのだから、間《かん》、髪《はつ》を入れずにうごくことはできぬし、濫《みだ》りにうごけば曲者《くせもの》どもの餌食《えじき》となるにきまっている。

このままの姿勢から、外へ飛び出そうとすれば、立ち直る間もなく敵の刃《やいば》を受けねばなるまい。

こうしたときの心得は、平蔵にあったかどうか……いずれにせよ、乗っている駕籠を、このように包囲されたのは、平蔵にとってはじめての経験である。

息づまるような沈黙《ちんもく》も、一瞬のことで、うなずき合った四人が、刃を構え、駕籠へ襲いかかろうとした、そのときだ。

「おい、おい、何だ何だ」

闇《やみ》の向うから、突然に声が起った。

「何だ、どうした？」

「何だか、妙だぜ」

「人がいるよ、向うに……」

一人ではない。二人の大声が、一つの提灯《ちょうちん》と共に近寄って来たのである。

曲者どもには、まったく予期せぬことであった。

道の右側の藤堂家・下屋敷の土塀に、小さな潜《くぐ》り門《もん》があるのを、曲者どもは知っていたかどうか……。

いや、知っていたにせよ、いまこのとき、その潜り門から二人もの男が道へあらわれようとは、おもいもしなかったろう。

大名の下屋敷は別邸であって、宏大な敷地や木立があっても、中に詰めている者の数は少く、土塀の潜り門なぞは内から厳重に閉じられたまま、ほとんど使用することもない。

藤堂屋敷の潜り門も、おそらく火事などの非常事にそなえて設けられていたのであろう。

ところが、屋敷の渡り中間《ちゅうげん》などが、夜になって酒をのみに出かけるとき、この潜り門を利用するようになっていたのだ。

で、このときも、二人の中間が潜り門から道へ出たとたん、行手の闇の中に数人の男がいるのを提灯の火影《ほかげ》に見て大声をあげたわけだが、ついで、浪人どもの刃の煌《きら》めきに気づき、

「き、斬り合いだ」

驚愕《きょうがく》し、あわてて潜り門の方へ逃げ走った。

浪人どもが、はっと、中間たちの声に気をとられたのは当然だ。

同時に、この一瞬を、駕籠の中の人も見逃《みのが》さなかった。

長谷川平蔵は、坐ったままの体を我から投げ出すようにして左側へ……つまり前田家・中屋敷の側へ、大刀を抱えて転《ころ》げ出たものである。

「ぬ!!」

あわてた浪人の一人が刃を叩きつけたけれども、むなしく道の土を切り飛ばしたにすぎぬ。

「あっ、くそ!!」

別の一人は、視点《してん》を失《うしな》ってどぎまぎした。

平蔵暗殺をはかった彼らは、いうまでもなく提灯を用意していない。

火影にたよらずとも、

「充分に仕《し》とめられる」

という計画であり、自信があった。

「おのれ!!」

「逃すな!!」

声をかけて、駕籠の向う側にいた二人が左右に別れ、こちら側へ廻り込もうとしたとき、

「うわ……」

仲間《なかま》の絶叫《ぜっきょう》が起った。

はね起きて片膝《かたひざ》をついた長谷川平蔵が、愛刀・粟田口国綱《あわたぐちくにつな》二尺二寸九分を抜き打ちに、曲者の一人の足を切りはらったのである。

鞘《さや》を投げ捨てざま、平蔵は反転《はんてん》し、別の一人を下から切りあげた。

「あっ……」

こやつも、どこかを切られたらしく、

「に、逃げろ」

叫ぶや、泳ぐようにして闇の中へ消え込もうとした。

無言のまま追いすがる平蔵へ、向う側から廻り込んで来た曲者が、

「たあっ!!」

横なぐりに、薙《な》ぎはらってきた。

身を沈めた平蔵は駕籠の棒下《ぼうした》を潜りぬけるや、藤堂屋敷の土塀へぴたりと背をつけ、国綱の大刀を下段に構えた。

「う……」

別の一人が振りかぶった刀は、そのまま停止してしまった。

もはや、どうにもならぬ。

平蔵の一刀に左足を膝《ひざ》の下から切り払われた浪人が物凄《ものすご》い唸《うな》り声をあげ、のたうちまわっている。

傷ついた一人は、すでに逃げ去った。

残る二人が平蔵に立ち向っているわけだが、

「おのれら、罪もなき駕籠舁《か》きを、ようも殺《あや》めたな。ゆるしてはおかぬ。かかって来い。おれが、その素《そ》っ首《くび》をはねてくれる!!」

はじめて発した平蔵の大音声《だいおんじょう》に、二人とも竦《すく》みあがってしまったらしい。

「いかん」

「逃げろ」

いうや、二人ともぱっと飛び退《しさ》り、一散《いっさん》に逃げた。

これを追うよりも、足を切った浪人を捕え、一時《いっとき》も早く手当をほどこし、糾明《きゅうめい》せねばならぬと平蔵はおもった。

近寄って見ると、左足を膝の下から切り飛ばしたことがわかった。

そこまでやるつもりはなかったのだが、駕籠から脱け出した瞬間だけに、平蔵は必死に切りはらったのである。

（これは、いかぬ……）

多量の出血は、この浪人がしかるべき手当を受けるまでに、その一命を奪《うば》ってしまいかねない。

藤堂屋敷の潜り門が開き、中間の知らせを受けたらしい藩士が数人、龕燈《がんどう》の光りと共に道へ駆けあらわれ、

「曲者、うごくな!!」

と、叫んだ。

「いや、曲者は追い退《の》け申した」

と、平蔵が、

「それがしは火付盗賊改方《あらためかた》・長谷川平蔵でござる。曲者の一人を捕え、重傷《おもで》を負《お》わせましたゆえ、すぐさま手当をたのみたい。お願い申す」

二

捕えた浪人は、やはり死んだ。

藤堂家の人びとが、すぐさま屋敷内へ担《かつ》ぎ込み、医師もよんで手当をつくしたのだが、

何分、現代《いま》とちがって医薬の進歩もなく、救急車がすぐに駆けつけてくれるわけでもない。

片足が切り落とされた出血のおびただしさを、どうすることもできなかったのだ。

長谷川平蔵は、浪人の死体を清水門外の役宅へ運び、

「こやつの人相《にんそう》も描《か》いておくように」

と、いった。

「とんだことでございましたな」

めったに物に動じない佐嶋忠介《さじまちゅうすけ》の顔色が変っている。

平蔵も笑いかけた顔を引きしめ、

「危《あやう》かったわえ……」

ぽつりと、いったものだ。

夜に入ってから、おまさが役宅へもどって来て、

「以前に小千住《こせんじゅ》で笠屋をしていた友次郎《ともじろう》夫婦について、知れるかぎりのことを探《さぐ》れ」

と、平蔵の言葉をつたえたので、佐嶋与力《よりき》は、すぐさま同心二名、密偵二名を千住へさしむけたが、まだ何の報告もない。

翌朝の空が白《しら》みはじめても、役宅内には異常な緊迫がみなぎっていた。

長官が襲われたのである。

意外に、曲者どもはこちらのうごきを察知しており、大胆不敵《だいたんふてき》な行動に出て来た。

曲者どもは、かの権兵衛酒屋の亭主夫婦を襲い、盗賊改方の長官の一命を奪《うば》おうとした。

これは、何を意味するのか？

「権兵衛酒屋の女房を、きびしく糾明《きゅうめい》いたさねばなりませぬ」

佐嶋忠介は、そう進言《しんげん》をしたが、

「ま、急《せ》くな」

長谷川平蔵は微《かす》かに笑い、

「わしが手持ちの駒《こま》は、あの女房ひとりきりじゃ。あわてて、打ち損《そん》じてはならぬ。汐《しお》どきは、わしにまかせておけ」

「は……」

「どれ、いまのうちに、ひと眠りしておこうか……」

平蔵は湯を浴びてから、粥《かゆ》を二椀《わん》ほど食べ、寝所へ入って行った。

臥床《ふしど》へ腹這《はらば》いになり、われながら、

(行儀《ぎょうぎ》の悪いことよ)

いつものようにおもいながら、亡父・宣雄《のぶお》遺愛《いあい》の銀煙管《ぎんぎせる》で煙草をふかすうちに、どうにもたまらぬ眠気《ねむけ》がおそってきて、煙草盆へ煙管を置いたかとおもう間もなく、うつ伏せのままで深い眠りへ落ち込んで行った。

どれほど眠っていたろう。夢も見なかった。

「もし……もし……」

次の間の襖《ふすま》を開けて、よびかけている妻の久栄《ひさえ》の声に、平蔵は目覚《めざ》めた。

「う……久栄か……」

「はい」

「何ぞ、起ったのか?」

「そのようにございます。佐嶋どのが待っておりますが……」

「よし。居間へ通しておけ」

「殿さま……」

「うむ?」

「あの……昨夜は、危い目に……?」

「うむ。まさに、危いところであったわ」

半身を起した平蔵が、

「どうじゃ。まだ、わしが死んでは困るかな?」

「何を、おっしゃいますことやら……」

「では、藤堂侯《こう》・下屋敷の中間《ちゆうげん》たちへ礼をいわねばなるまい」

「ま、それはいったい、何のことでございましょうか?」

「あの二人の中間が、ちょうどあのとき、酒を啖《くら》いに出て来なんだら、いまごろ、わしは、三途《さんず》の川へ辿《たど》りついていたことであろうよ」

久栄が、平蔵を睨《にら》むように見据《みす》えた。

冗談《じょうだん》にも程があるとおもったにちがいない。

「おお、怖《こ》わ」

立ちあがった平蔵が、くびをすくめて見せた。

洗面《せんめん》をすませて、すぐに平蔵が居間へ入ると、次の間に控《ひか》えていた佐嶋忠介が、

「吉祥寺門前の笠屋、勘造《かんぞう》が殺害《せつがい》されたとのことでございます」

「何……」

さすがの平蔵も、一瞬、顔色が変った。

昨日、自分が権兵衛酒屋の女房について、勘造から聞き取ったばかりではないか。

今朝、同心・沢田小平次《さわだこへいじ》と密偵の仁三郎《にさぶろう》が、木村忠吾・大滝の五郎蔵と交替《こうたい》をするため、権兵衛酒屋へ到着して間もなく、笠屋の勘造が昨夜、自宅で殺害されたといううわさが権兵衛酒屋のあたりまで聞こえてきたという。

店の前を通りすぎた二人の百姓の声を、忠吾と共に、まだ居残っていた五郎蔵が耳にしたのだ。

そこで木村忠吾は、すぐさま勘造の家へ飛んで行き、大滝の五郎蔵が役宅へ急報したのである。

「おのれ、酷《むご》いことを……」

平蔵は、怒りを押えきれなかった。

昨日、笠屋の勘造を権兵衛酒屋へよび寄せたことを、曲者どもは嗅《か》ぎつけていた。

(わしが、ひそかに、吉祥寺門前まで出向くべきであった……)

いまさらに、それが悔《くや》まれてならない。

相手は、こちらが息をつく間もなく、先手先手《せんて》と仕掛けてくる。

勘造を殺したということは、相手が、権兵衛酒屋の女房の前歴《ぜんれき》を盗賊改方に、

(知られたくなかった……)

からだと看《み》てよい。

女房お浜《はま》のみか、お浜の前の亭主だった千住の笠屋の友次郎のことも、知られたくなかったのではあるまいか……。

平蔵は、そこにおもい当った。

すると、いまは亡き笠屋の友次郎という男、もしやして、

(盗賊の一味《いちみ》ででもあったのか……)

平蔵の推理は飛躍《ひやく》した。

そうなると、以前は盗賊の女房だったお浜が、これもむかしは侍《さむらい》だったらしい権兵衛酒屋の亭主と再婚し、それを曲者どもが襲ったのだから、これは、何やら盗みの世界に、

(関《かか》わり合いがある……)

ようにも考えられる。

それにしても、権兵衛酒屋の亭主が女房の危険を打ち捨てて逃げたというのは、

（わしを怖《おそ》れてのこと……）

とすれば、亭主もまた、盗みの世界に関係があることになる。

「ともあれ、吉祥寺門前の笠屋へ行ってみよう。駕籠《さぐ》の用意をたのむ」

平蔵が佐嶋へいいつけたとき、昨夜から千住を探りに出ていた与力・玉井広之進《たまいひろのしん》と密偵の鹿蔵《しかぞう》が役宅へもどって来た。

三

玉井与力の報告によると、いま、笠屋の友次郎が住んでいた小千住の家は、古着屋《ふるぎ》になっているそうな。

この古着屋は、友次郎夫婦と何ら関係のないことがすぐにわかった。

そこで、聞き込みは近辺の店屋や旅籠《はたご》を中心にしておこなわれたわけだが、

（これといって、すぐに役立ちそうな……）

材料は得られなかったようだ。

お浜は、たしかに友次郎の女房であった。

「夫婦ともに無口《むくち》で、あまり、近所づきあいもなかったようでございます」

と、玉井与力はいった。

それでいて、土地《ところ》の評判は悪くない。

悪くはないが、格別によくもない。

つまり、当時の友次郎夫婦は、

「住んでいるのだか、いないのだか、わからぬ……」

ような暮しぶりを十年もつづけていたらしい。

もっとも、はじめのうちの五、六年は死別した前の女房との明け暮れと、その後の独り暮しであったわけだ。

何分にも、三十年前のことゆえ、むかしから住み暮している近辺の家々でも代《だい》が替《かわ》ってしまい、

「ええ、そんな笠屋さんが、たしかにいましたよ」

とか、

「うちの親父《おやじ》でも生きていれば、その笠屋さんのことも知っていたとおもいますがね、何しろ、こっちはまだ、飴《あめ》をしゃぶっていたころなもので……」

とか、まことに要領《ようりよう》を得ない。

その中で、旧笠屋の友次郎宅の筋向いにある煮売り屋の、七十をこえた婆さんが、

「へえ、笠屋さんの後添《のちぞ》えのおかみさんは、たしか、お浜さんといいましたよ。友次郎さんがそう呼んでいましたっけ。何しろ、無愛相《ぶあいそう》な夫婦でねえ。こっちがはなしかけたって、ろくに返事もしない人たちだったんですよう」

そうした夫婦でも、千住という大きな宿場《しゆくば》の街道筋へ店を出しているので、通りかか

る旅人だけを相手にしても商売が成り立っていたものらしい。

煮売り屋の婆さんによると、友次郎は、よく家を留守《るす》にしたそうである。

その間は、女房のお浜が留守番をしていたことになるが、ときには、二日三日、家を空《あ》けることがある友次郎が帰って来るときは、背中いっぱいの大荷物を背負《しょ》っていた。

「へえ、たしかに、あそこで売っていた品物《しな》は、いいものでござんしたよ。笠はさておき、足駄《あしだ》や提灯《ちょうちん》や、細々《こまごま》とした物を遠くまで仕入れに行ったんでござんしょうねえ。ですから、物によっては宿《しゅく》の人たちも、友次郎さんの店へ買いに行きました」

と、婆さんがいった。

長谷川平蔵は、玉井広之進の報告を聞き終え、千住へ派遣《はけん》した四名のうち、鹿蔵のみを残し、あとの三名を役宅へ引きあげさせることにした。

「なれど、鹿蔵……」

「へい？」

「気をゆるめずに、探りつづけてくれ、よいな」

「合点《がってん》でございます」

「近くの旅籠へ、二、三日泊り込んでみるがよい」

「承知いたしました」

玉井与力を役宅へ残し、鹿蔵は、すぐに千住へ引き返して行った。

その後で、佐嶋忠介が、

「なれど、そのような友次郎が、昨夜、殺害された勘造とは、何故、親《した》しい間柄になったのでございましょうか？」

「さて……むかし、勘造が小千住を通りかかったとき、同業の店と見て立ち寄り、声をかけたのが、二人の交際《つきあい》のはじまりだと申していたが……」

「それにしても、友次郎のほうが、よく……」

「おそらく、勘造なれば、ある程度《ところ》までは気をゆるしても大丈夫と看《み》たからであろう」

こうなってみると、笠屋の勘造の死が、いまさらに無念《むねん》であった。

まさかに、勘造までが狙《ねら》われているとはおもわなかったのである。

それほどに相手は、権兵衛酒屋襲撃の痕跡《こんせき》を、

（一つ残らず、一刻も早く、消し去ろうとしている……）

のであった。

勘造が存命《ぞんめい》ならば、いますこし、笠屋の友次郎について何かが摑《つか》めたやも知れぬ。

いまになれば、こちらの質問も違ってこようし、勘造もまた、しだいに忘れていたことをおもい起してくれたやも知れぬのだ。

「ときに、お浜の様子はどうじゃ？」

「それが……」

と、佐嶋忠介は眉《まゆ》を顰《ひそ》めた。

役宅内の、同心たちの溜部屋《たまりべや》から中庭をへだてて見える土蔵傍《わき》の一間《ひとま》に身を横たえ、

外科医・中村春庵《なかむらしゅんあん》の手当を受けているお浜は、老体であるためか、肩の傷の回復《かいふく》が捗々《はかばか》しくない。

突《つ》っこんだ尋問《じんもん》には、まだ、こたえられそうもないらしい。

「そうじゃ。お浜の人相書をつくらせておくがよい」

「心得ましてございます」

「では、たのむぞ」

いい置いて、平蔵は朝餉《あさげ》もそこそこに、役宅出入りの駕籠屋の町駕籠に乗り、吉祥寺門前へ急行した。

笠屋の勘造宅には、土地《ところ》の御用聞きや町奉行所が出張《でば》って来ており、すでに、木村忠吾が一通《ひととお》りの調べをすませていた。

「古着屋の女房は、勘造の家の裏口から出て来た男たちを、たしかに見たと申すのじゃな？」

「さようで……」

と、奉行所の同心がこたえた。

「つぎには、その古着屋の女房のいのちが狙われるやも知れぬ。充分に気をつけてもらいたい」

「うけたまわりました」

すでに奉行所が出張っていることだし、平蔵は引きあげることにした。

町奉行所と火付盗賊改方の間は相変らずで、双方の競争意識がなかなかにあらたまらぬ。

長官の長谷川平蔵に対しては、奉行所の与力・同心も低頭《ていとう》するが、木村忠吾のような同心が割り込んで行けば、不快の色を露骨《ろこつ》にする。

平蔵の後について歩《あゆ》む忠吾は、奉行所の同心との間に何かおもしろくないことがあったらしく、頰《ほお》をふくらませ、めずらしく押し黙っていた。

四

その翌日の五ツ半（午前九時）ごろに、木村忠吾と大滝の五郎蔵・おまさの夫婦が、権兵衛酒屋に詰めていた沢田同心と仁三郎と交替《こうたい》をした。

権兵衛酒屋に詰める同心たちは、いずれも浪人の風体《ふうてい》となっている。

交替するや、おまさが五郎蔵に、

「お前さん、私は吉祥寺門前のあたりで、それとなく聞き込みをして来ますよ」

「そうか。だが、くれぐれも気をつけるのだぞ。相手のやつどもは、おもいのほかにすばしこいからな」

「わかっていますよ」

おまさが出て行った後は、これといって別に変ったこともなく、時間《とき》が過ぎた。

あの事件以来、むろん、店を開《あ》けてはいないが、さりとて戸締りをしているわけではない。

常連の客が、はじめのうちは覗《のぞ》きにあらわれ、そのたびに五郎蔵なり仁三郎なりが、

「駒込の名主《なぬし》さんから、たのまれて留守《るす》をしているのですよ」

と、こたえた。

いまはもう、だれも寄りつかなくなっている。

「おい、こうしているのも退屈《たいくつ》だなあ」

と、木村忠吾が、

「今夜はひとつ、おまさが帰って来たら、何か、うまいものをこしらえてもらおうではないか。どうだ、五郎蔵」

「そうですねえ」

「ときに、お前は今度の事件《こと》を何とおもうかね？」

「これは旦那。やっぱり盗《つと》めの事が、からんでおりますよ」

「そうおもうか？」

「おもいます。おまさも同じ意見でございますよ」

「ふうむ……」

「それにしてもわからねえのは、此処の亭主のことでございます。長谷川様がおっしゃるには、どうも、むかしは両刀《にほん》差していた人らしい。それが盗めの事に関わっていたというのはともかくとして、いまも、身分のあるお侍が訪《たず》ねて来るというのが、どうも解《げ》

せません」

「だから、その侍があらわれるのを、こうして待っているのではないか」

「そうなんですが、どうも、ね……」

大滝の五郎蔵ともあろう者が、今度ばかりは、その鋭《するど》い直感がはたらいてくれぬらしい。

やがて、夕暮れがせまってきた。

奥の板場《いたば》の一隅に設《もう》けられた三畳敷きに寝転《ねころ》んでいる木村忠吾が、

「すっかり、暖くなったなあ」

「さようで。そこの、お富士さま（富士浅間神社）の梅が、ほころびかけていましたっけ」

「ほう、そうか……」

むっくりと半身を起した忠吾が、

「おまさは、まだかなあ。腹が減《へ》ったよ、五郎蔵」

「もう直《じ》きにもどって来ましょうよ」

五郎蔵が、そういったときであった。

表の戸障子が開いて、

「ごめん……ごめん」

と、よびかける声がした。

「はい、はい」

すぐに五郎蔵が出て見ると、紋付《もんつ》きの羽織《はおり》・袴《はかま》をつけた人品《じんぴん》のよい老人の侍が立っているではないか。

五郎蔵は、はっとなった。

しかし、もとより、それを顔に出すような男ではない。

「何か、御用でございましょうか？」

落ちついて、五郎蔵がいうのへ、

「む……いや、この店の主人《あるじ》はおらぬか？」

「それがその、夫婦して他行中《たぎょうちゅう》なのでございます」

「さようか……」

老人は、この店で起った事件を知らぬらしい。

ということは、老人が住み暮す場所が、この辺《あた》りからは、かなり離れたところにあるわけだ。

「では、また、明日にでもまいってみよう」

「それが、あの……」

「うむ？」

「夫婦して、小旅《こたび》へ出たのでございますから……」

「何、旅へ出たと？」

「はい。私は、この近くの者で、留守番《るすばん》をたのまれているのでございます。何か、ここの亭主に御用事でもございますので？」

「いや、なに……」

老人は沈黙した。

奥では、木村忠吾が息をころして、聞《き》き耳をたてている。

「相わかった。では、いずれ、出直してまいるとしよう」

「何か、うけたまわっておくことがございましたら……」

「いや、よい。よい」

老人は、しずかに立ち去った。

すぐに奥へ飛び込んだ大滝の五郎蔵が、用意の小田原《おだわら》提灯《ぢょうちん》と菅笠をつかみ、

「旦那。行先をつきとめてまいります」

「たのんだぞ、五郎蔵」

忠吾の声も切迫《せっぱく》していた。

「おまさがもどりましたら、このことを長谷川さまへ……」

「よし、わかった」

五

老《お》いた侍は、提灯の用意をしていない。

(どこまで、帰るつもりなのか……?)

夕闇がたちこめている駒込・富士前町の往還を突切り、向う側の江岸寺《こうがんじ》の横道へ入った老人は、さして急ぐ様子もない。

この道は、両側が武家屋敷で、彼方の突当りが酒井家・下屋敷だ。

武家屋敷ばかりの一本道には、ほとんど人影もなかった。

大滝の五郎蔵は菅笠をかぶり、裾《すそ》を端折《はしょ》り、屈《こご》みかげんの姿勢で老人を尾行している。

老人は、一度も振り返らなかった。

老人は、まったく警戒をしていないようにおもわれた。

(あの、お年寄りは、今度の事には関《かか》わり合いがねえようだ……)

と、五郎蔵は直感した。

だが、

(権兵衛酒屋の亭主には、関わり合いがある……)

のである。

五郎蔵は、二度、三度と背後に気を配《くば》った。

老人はさておき、権兵衛酒屋を出て来た自分を、

(尾《つ》けて来るやつがいるか、どうか……?)

を、たしかめたのだ。

相手が、いまも密《ひそ》かに権兵衛酒屋へ目をつけていることは、たしかだといってよい。

出て来るときも、いまも、五郎蔵は少しも油断していない。

老人は酒井屋敷の前を右へ曲《まが》った。

この通りは道幅《みちはば》もひろく、通行人の姿も絶えていない。

老人が駕籠《かご》町の角を左へ折れたとき、そのあたりに佇《たたず》んでいた若い侍が老人の後へついた。

(あっ……)

五郎蔵は、胸がさわいだ。

すると老人が立ちどまって、侍に何かいい、侍は一礼して、老人の先へ立った。すでに侍は提灯に火を入れている。

(あの侍は、お年寄りの家来なのか……)

そうとしかおもえぬ。

もしそうならば、老人は家来をこの辺りへ待たせておき、権兵衛酒屋を訪ねたのであろう。この前の訪問のときも、そうしたにちがいない。

それはつまり、自分と権兵衛酒屋の亭主との関係を、

(家来に知られたくない……)

からである。

夕闇が濃くなってきたので、大滝の五郎蔵は駕籠町の角の小間物屋へ駆け込み、提灯へ火を入れさせてもらった。

老人は、侍の先導で巣鴨仲町の通りを大塚の方へ向っている。

仲町を過ぎ、大原町《おおはらちょう》の角を左へ折れた老人は、小石川・七軒町《しちけんちょう》の武家地の一角にある屋敷へ入って行った。

若い侍が家来だということは、これではっきりした。

片番所付きの長屋門を構えた屋敷は、どう見ても、六、七百石の旗本のものであった。

五郎蔵が、この屋敷の主の名を聞き込むのに、さして手間《てま》はかからなかった。

六百石の旗本・清水源兵衛貞徳《しみずげんべえさだのり》が、その人である。

けれども、あの老人が、果して当の清水源兵衛なのであろうか。

もしやして、清水家の用人か何かなのではあるまいか。

用人は、主家の家宰《かさい》をつとめる。これに供の者がついても、ふしぎはない。

（ともかくも、立派なお年寄りだった……）

自分が応対をしたとき、老人の顔かたちを、五郎蔵はしっかりと見おぼえている。

それに、巣鴨村の大百姓《おおびゃくしょう》・三沢仙右衛門《みさわせんえもん》が、従弟《いとこ》にあたる長谷川平蔵に語ったところによると、

（やはり、あのお年寄りは、この屋敷の御当主らしい……）

そうおもえてくる。

老人は、権兵衛酒屋の亭主に、

「丹波守《たんばのかみ》様が亡くなられたぞ。知っているか？」

と、尋《たず》ねたそうな。

その口ぶりは、用人のものではないようにもおもえる。

（さて、どうするか……？）

清水源兵衛屋敷の長屋門を彼方に見やりつつ、大滝の五郎蔵は思案《しあん》をした。

あたりは、どこを見まわしても武家屋敷ばかりだ。

すこし前に、ここを通りかかった何処かの屋敷の小者をつかまえて、五郎蔵は、清水屋敷のことを尋《き》いたのである。

もっと、くわしいことを知るためには、時間もかかるし、相応の準備も必要であった。

（そうだ。巣鴨の三沢さまへ行き、おれが見とどけた、あのお年寄りの人相《にんそう》をはなし、間ちがいがないかどうか、念《ねん》を入れてみようか……）

おもいついたが、すぐに、

（いや。やめたほうがいい。それよりも早く、このことを長谷川さまのお耳へ……）

と、五郎蔵は身を返した。

笠屋の勘造の例もある。

自分のことはさておき、三沢仙右衛門に害がおよぶようなことになってはと、おもい直したのだ。

そこで五郎蔵は、白山《はくさん》から水道橋《すいどうばし》へ出ることにした。

それから神田へぬければ、すぐに清水門外の役宅であった。

このあたりの武家地は、まことにひろい。

武家屋敷がたちならぶ道は、夜に入れば、ほとんど人通りがない。

道を急ぐ大滝の五郎蔵の背後から、突然、ひたひたとせまる足音が起った。

その足音は、しだいに速度を加え、それでいてすぐには五郎蔵に接近《せっきん》して来ない。

（出て来やがったな……）

大滝の五郎蔵は、ただの密偵ではない。

以前は何十人もの配下をひきいて、大がかりな盗《つと》めばたらきをしていた男で、

「大滝のお頭《かしら》」

といえば、盗めの世界で知られた男だったのである。

（来るなら来てみやがれ）

肝《はら》を据えた五郎蔵は呼吸をととのえ、これも足を速《はや》めた。

背後の足音が少しずつ接近して来た。

五郎蔵は一度も振り向かなかった。

六

「ねえ、ねえ……ねえ……」

およねは鼻声《はなごえ》でよびかけながら、肉置《ししお》きのよい太腿《ふともも》を男のそれへ搦《から》みつかせ、

「泊っておいでなさいよ、ねえ……かまわないのでしょう？」

鞣《なめ》し革《がわ》を張りつめたような男の胸肌を舌でまさぐった。

「おい、よせ。こそばゆいではないか」

男は、それでもおよねの肩を抱きしめ、

「連《つ》れがある」

といった。

男は、三十がらみの浪人であった。

「かまいませんよう、連れの人なんか……」

「そうも行くまい。また、出直してくる」

「いや、いや……」

身を揉《も》んで見せる媚態《びたい》も、これが商売だからとはいえないところがある。

およねは、まだ、上野・山下の、下谷町《したや》二丁目の、提灯店《ちょうちんだな》とよばれている岡場所で客をとっていた。

いまは亡き密偵・伊三次《いさじ》と、およねは、

「買う、買われる……」

を抜きにしたいい仲だったものが、伊三次が兇盗《きょうとう》・強矢《すねや》の伊佐蔵《いさぞう》の短刀《あいくち》に殪《たお》れたのち、さすがに気落ちをしていたおよねも、そこは女だ。

まだ三十には間もあって、躰《からだ》も丈夫なだけに、一年もすると、およねは元気を取りもどした。

もともと、この商売が好きな女だけに、

（今夜は、どんな客にぶつかるかしら？）

そうおもうだけでも胸がときめく……いや、女の躰の、

「血がさわぐ……」

のである。

まだ、伊三次が生きているころ、あるとき長谷川平蔵が、

「伊三次。その女が好きならば、女房にもらったらどうじゃ。おれがうまくはからってやろう」

と、いった。

すると伊三次は、ふっとさびしげな顔つきになり、

「とんでもねえことでございます」

「何故？」

「好きは好きでも、およねのような女と夫婦になったら、こっちの躰が保《も》ちません」

「何を申すことか……」

「いえ、そうなんでございます。あの女は一人の男の肌身だけでは、とても満足が行く女ではございません、へい。そういう女がいるものでございますよ。ああした泥水稼《どろみずか》業《ぎょう》をしている女が、みんな不幸《ふしあわ》せな目にあって、金に困って、泣き泣き身を売ったのだとおもうのは間ちがいでございますね。ああいう稼業が根っから好きな女がいるので

ございます」

「このおれに、岡場所の講釈《こうしやく》をするつもりか……」

「これはどうも、恐れ入りましてございます」

「ふ、ふふ……やはり、お前は、あの女が好きなのじゃな」

「それは、その……」

というわけで、もしも伊三次が長く生きていたら、

(ひょっとすると、死んだ伊三さんと一緒《いっしょ》になっていたかも知れない……)

およねも、そんなことを想ってみることが、いまもないではないのだ。

その日の夕暮れどきに……。

浪人ふう二人連れが、およねのいる〔みよしや〕へあがり、一人はお千《せん》という妓《おんな》と、一人はおよねを相手に、それぞれ二階の奥座敷へ入った。

お千の客は四十がらみの大男で、腕にも胸肌にも体毛が密生してい、顔も黒く、眉毛もふとい。

「お前さんのお連れは、まるで丹波の山奥の黒熊《くろくま》でござんすねえ」

と、およねがいうや、

「あは、はは……」

客は、大よろこびで手を打ち、

「向うのほうがよければ、替ってやってもよいぞ」

「いやですよう、あんな毛むくじゃらは……」

「おれでよいか」

「あい……」

一目《ひとめ》見て、およねは、この浪人に好感をもった。

目の色が、どことなく涼しげだし、引きしまった細身《ほそみ》の躰は亡き伊三次を想わせる。

ともかくも、大きくて肥《ふと》った客は、

「大きらい……」

なのである。

いざ、抱かれてみると、この浪人の何から何まで、およねの好みに合っていた。

一口《ひとくち》にいうなら、商売女にせよ素人《しろうと》の女にせよ、女が嫌《いや》がることを決してしなかった。

引きしまっていながら柔軟《じゅうなん》な男の肌身も久しぶりのものであったし、肌の匂《にお》いも香《こう》ばしい。

このあたりの岡場所にいる妓《おんな》は、俗に〔けころ〕とよばれてい、店構えは二間間口《けんまぐち》。妓たちは素人ふうの姿になって見世《みせ》へ出る。

上野の山の寛永《かんえい》寺の僧たちも、隠《かく》れ遊びによくやって来る。

寛永寺は、将軍家の菩提所《ぼだいしょ》だけに、奉行所の監視《かんし》の目もゆるやかで、妓たちの収入《みいり》も他の岡場所にくらべるとわるくない。

「おい、よせ。こそばゆいというに……」

「こうしてあげる……」

「こら、やめろ」

「だめ、だめ」

「あ、おい、これ……」

およねに搦みつかれるうち、浪人は勃然《ぼつぜん》となってきたらしい。

「こいつめ……」

およねを抱いた腕にちからがこもり、

「よし。泣かせてやる」

むっちりとした乳房を波打たせて、およねが、

「うれしい……」

と、喘《あえ》ぎはじめた。

そのとき、廊下に足音がして、

「おい、高橋。すんだか？」

声が、かかった。

お千が相手をした連れの浪人であった。

「あ……」

と、高橋浪人が興《きよう》ざめのかたちになってしまい、およねに、

「また来る。な……」

「つまらない」

「拗《す》ねるな、きっと来る」

廊下の声が、

「おい、入っていいか？」

「待て」

高橋浪人が、およねに、

「酒をたのむ」

と、いった。

仕方もなしに、およねは手早く身仕舞《みじまい》をし、廊下へ出て行った。

廊下いっぱいに立ちはだかっていた中年の浪人が、猥《みだ》らな視線を、およねの腰のあたりへ射つけながら、

「うまそうな女だ……」

つぶやくようにいった。

およねは逃げるようにして階下へ行くと、お千があらわれ、

「いやな客……」

何ともいえぬ顔つきで、うったえかけるように、およねを見た。

間もなく、酒肴《しゅこう》を膳へ乗せたおよねが二階の廊下へもどったとき、突き当りの座敷から、客の弾《はじ》けるような高笑いが聞こえた。

その笑い声で、およねの足音が消されたとみえ、自分たちがいる座敷の前へおよねが来たのを、二人の浪人は気づかなかったようだ。

足をとめ、しゃがみ込んだおよねが障子《しょうじ》を開けようとしたとき、中年浪人の低いが太い声を、およねは聞いた。

「おい、高橋。評判の鬼の平蔵を叩《たた》っ斬《き》ってみぬか。五十両もらえるぞ」

障子へ伸ばした手を引いて、およねは鉛玉《なまりだま》でも呑《の》みこんだような顔つきになった。

大滝の五郎蔵が、清水源兵衛の屋敷を突きとめたのは、ちょうどそのころであったろう。

七

息を殺し、後退《あとじさ》りに自分の部屋の前から離れたおよねの躰は、冷汗《ひやあせ》にぬれていた。

二人の浪人の声も低くなったし、およねはおよねで、

(これだけ聞けば、じゅうぶんだ……)

なまじ、尚《なお》も聞耳《ききみみ》をたてようとして、浪人たちにさとられたら、それこそ、

(元も子もない……)

と、おもった。

およねは内所《ないしょ》へ下《お》りて来て、

「旦那。大変なんですよ」

そこにいた〔みよしや〕の主人《あるじ》・卯兵衛《うへえ》の耳もとへ、いま、耳へはさんだばかりの浪人の言葉をささやいた。

「えっ……」

卯兵衛が目をみはって、

「ほ、ほんとうかえ？」

「こんなこと、嘘《うそ》をついたって仕方がありませんよ」

「ふうむ……こいつは……」

「どうしましょう、旦那……」

「どうするって、お前……」

あの〔五月闇〕事件以来、卯兵衛は火付盗賊改方の御役にもたったというので、盗賊改方への協力は惜しまぬ。

惜しまぬが、しかし、この場合、

（どうしたらよいものか……？）

見当もつかなかったし、それは、およねにしても同様なのだ。

「その客は、泊って行くのか？」

およねは、かぶりを振って見せた。

「ともかくも、このことを御役宅へ知らせなくてはいけないな」

「早く、旦那……早く……」

「うむ」

卯兵衛は、ふるえる手で筆を把《と》り、あわただしく書きしたためながら、

「およね。なんとか、お前の客のほうだけでも引きとめておけないものか……」

「できるだけ、あの、やってみますけど……」

「私のほうで、そんな連中の後を尾《つ》けるわけにもいくまいし……よしました、そんな慣《な》れないことをしても、うまく行くはずもない」

「そりゃあ、旦那……」

「ともかくも、酒を持って行っておくれ」

「あい……」

「大丈夫かえ？」

「ええ、何とか……」

「落ちつきなよ、いいかえ」

「ええ……」

大きく息を吸いこみ、およねは二階へ酒肴を運《はこ》んで行った。

卯兵衛は、長谷川平蔵へあてた手紙に封をして、

「おい、だれかいないか」

よんだあとで、

（そうだ……）

おもいついたことがある。

卯兵衛から知らせるよりも、

(これは、石塚様へ申しあげたほうが早い)

このことであった。

〔みよしや〕から一町とはなれていないところに、百俵取りの御家人《ごけにん》・石塚才一郎《いしづかさいいちろう》の屋敷がある。

この前の事件の折、〔みよしや〕へあらわれるにちがいない強矢の伊佐蔵を待ち受けるため、盗賊改メの同心・沢田小平次が、石塚屋敷に詰めきっていたことがある。

石塚才一郎と沢田小平次は、小野派一刀流・松尾喜兵衛《まつおきへえ》の同門であった。

こういうわけで、みよしやの卯兵衛も石塚才一郎と顔見知りになっていたのだ。

卯兵衛は裏手から飛び出し、石塚屋敷へ駆けつけた。

「何、それは一大事だ」

と、卯兵衛の急報を受けた石塚才一郎が、

「よし、御役宅へは、私が知らせよう」

「そうして下さいますか、かたじけのうございます」

「よく、気づいてくれたな」

「およねの手柄《てがら》でございますよ」

「もしも、その浪人どもが帰るといったら、悪止《わるど》めをしてはならぬぞ、よいか。かえって怪《あや》しまれることになる」

いううちにも石塚は、手早く身仕度をととのえつつ、

「浅吉《あさきち》をよべ、浅吉を……」

と、妻女に命じた。

浅吉は石塚家の小者であるが、もう二十年も奉公をしている中年の実直《じっちょく》な男で、主人の才一郎から剣術の手ほどきをうけているそうな。

「およびでございますか？」

うなずいた石塚が、卯兵衛へ、

「浅吉を連れて行くがよい。もしも浪人たちが出て行ったときは、浅吉に後を尾《つ》けさせるがよい。浅吉ならば大丈夫じゃ」

「は、はい」

「浅吉、途々《みちみち》に、卯兵衛から事情《わけ》を聞くがよい。さ、早く、早く……」

卯兵衛と浅吉が駆け出て行く、その後を追うようにして石塚才一郎も屋敷を飛び出した。

こうしたとき、町奉行所へ急報するのなら、わけもないことなのだ。

土地《ところ》の御用聞きに知らせてもよいし、番所へ知らせてもよい。

そうなると、事は奉行所のあつかいになる。

それはよいのだが、奉行所と火盗改メでは捜査《そうさ》の仕方が、

「まるで、ちがう……」

ことを石塚才一郎は、よくわきまえていた。

それは、かねて剣友の沢田小平次の口から何度も耳にしていたからである。

卯兵衛と浅吉が〔みよしや〕の裏口から中へ入って間もなく、二人の浪人が帰って行った。

「お前さん。ほんとうに大丈夫ですか？」

卯兵衛は浅吉に念を入れながら、いくらかの金と提灯《ちようちん》をわたした。いざというときの用意にである。

「まあ、やってみましょう」

浅吉の落ちついている様子が、卯兵衛にはたのもしかった。

「ほれ、ごらんなさい」

障子の隙間《すきま》から、見世先《みせさき》へあらわれた二人の浪人を盗み見させた卯兵衛が、

「二人が別れ別れになったら、どっちか一人を……」

「わかった」

と、浅吉は裏口から出て行った。

見世先では、浪人たちを送り出してきたおよねが、

「きっとですよ。待っていますからねえ」

屈託《くつたく》もない、明《あか》るい声を高橋浪人へ投げている。

（およねは大した女だ……）

と、卯兵衛は障子の内で感心をした。

卯兵衛の膝《ひざ》がしらは、まだ、がくがくとふるえている。

浪人たちを送り出したおよねが、内所へ駆け込んで来た。

「あ、旦那。やっぱり、だめでしたよう。悪止めしては、かえって勘づかれるとおもったものだから……」

「それでいい、それでいい。あいつらの後を尾けさせてある」

「ほんとうに？」

「石塚様にたのんだ」

「あれ、まあ……」

「御役宅へは、石塚様が御自分で駆けつけて下すったよ」

「それなら、よかった……」

張りつめていたものが一度にゆるみ、およねはへなへなと其処《そこ》へ坐《すわ》り込んでしまった。

「おい。およねに気つけの酒をもってきておやり」

その茶わんの酒を一息にのみほしたおよねが、にやりとして、

「旦那。あの、私の客だったほうの浪人は、もう一度、やって来ますよ」

「裏を返しにかえ？」

「ええ、きっと来ます。明後日《あさって》に……」

「約束をしたのか？」

「そうですとも」

「あてになるものかえ」

「いいえ、大丈夫」

自信たっぷりに、およねはいいはなった。

「あたしのことを、忘れられないようにしてやったのだもの」


そのころ……。

大滝の五郎蔵は、小石川の柳町《やなぎちょう》のあたりへさしかかっていた。

武家地だけに、細道もなければ路地もない。前後左右に、いかめしい門と塀が連《つら》なっているわけだから、逃げて姿を暗《くら》ますことが、

（むずかしい……）

のである。

尾行者は、およそ三間《げん》の距離《きょり》をたもち、執拗《しつよう》に五郎蔵から離れぬ。

これまで、一度も後《うし》ろを振り向いていない五郎蔵だが、

（尾《つ》けているのは一人……）

と、看《み》た。

前方に、右手への曲《まが》り角《かど》が見えて来た。

これを曲ったところで、同じなのだ。

道幅は、それぞれの屋敷に面しているだけに、せまくない。

曲って走っても、逃げきれまい。

それに、逃げるというのも妙なものなのだ。

背後の男は、これまでに五郎蔵へ危害を加えようとしたわけではない。

ゆえに、どこぞの屋敷の門を叩いて救《すく》いをもとめるわけにもまいらない。

ところどころに辻番所《つじばんしょ》もあって、番人が詰めているのを見た五郎蔵だが、あえて駆け込もうとはしなかった。

(駆け込んだところで、どうなる……)

であった。

尾行者が手出しをせぬ以上、そのようなまねをしたら、

(怪《あや》しまれるのは、かえって、こっちのほうだ)

ということになる。

だが、尾行されていることは事実なのだ。

(野郎、おれの行先を突きとめるつもりなのか?)

それならば、こちらに気づかれぬような尾行の仕方をするはずではないか……。

いまはもう、振り向くにも振り向けなかった。

五郎蔵の本能は、

（振り向いてはいけねえ……）

と、ささやいている。

振り向いたなら、すかさず尾行者は猛然と走りせまって、五郎蔵へ抜き打ちの一刀を浴びせかけてくる……そのように切迫《せっぱく》したものを、五郎蔵は感じないわけにはいかなかった。

（いっそ、早く飛びかかって来ねえものか……）

さすがの五郎蔵も、焦《あせ》りをおぼえてきた。

尾行者のほうも、見かけには悠々《ゆうゆう》として、しかも一度も振り向くことなく歩む大滝の五郎蔵に隙《すき》を見出せぬのやも知れなかった。

事実、五郎蔵は背後から襲いかかったときの、捨身《すてみ》の備《そな》えはできていた。

間もなく、小石川・片町《かたまち》へ出る。

道は、そこで突き当り、鉤《かぎ》の手に右へ曲がり、左へ折れているはずであった。

その手前の左側の一角に、闇が大きく口を開けているのを、五郎蔵は見た。

空地《あきち》である。

空屋敷《あきやしき》を取り壊《こわ》した跡であろう。

それを見るや、五郎蔵はためらうことなく提灯を投げ捨て、空地へ走り込んだ。

尾行者が何か低く叫ぶのが聞こえ、五郎蔵を追いかけて、これも空地へ駆け込んで来た。

空地には、まだ木立が残っている。

追いせまった尾行者の一刀が、闇を切って五郎蔵を襲った。

するどい刃風が、五郎蔵の肩先を掠《かす》めた。

「うぬ!!」

二の太刀は、頸《くび》をすくめた五郎蔵の頭上を切りはらった。

身を投げるようにして、五郎蔵は木立から飛び出した。

「廻れ、早く廻れ……」

尾行者が、だれかに叫んでいる。

相手は、一人ではなかったのだ。

前方に土塀《どべい》が見え、五郎蔵は弾《はず》みをつけて跳躍《ちようやく》した。

「くそ!!」

追いついて切りつけた尾行者の一刀は、一瞬の差で間に合わなかった。

五郎蔵の躰は、土塀の向う側へ吸い込まれている。

「廻れ、早く廻れ!!」

土塀の向うは、墓地であった。

こうなれば、もう、どこの辻番所へ逃げ込んでもよいことになった。

(助かった……)

五郎蔵は勇気百倍した。

（この寺へ逃げ込んでもいい……）

のである。

はね起きて走り出そうとした大滝の五郎蔵は、墓地の向うから走り寄って来る提灯のあかりを見た。

（あっ……）

別の相手が、廻り込んで来たらしい。

五郎蔵は唇をかみしめた。

背後から追って来た尾行者が、土塀の上へ姿をあらわし、

「いたな、うごくなよ!!」

と、飛び下りて来た。

五郎蔵は泳ぐように墓地の中を走り出し、石につまずき転倒した。

旧友《きゅうゆう》

一

大滝の五郎蔵は、転倒した瞬間に、

（もう、いけねえ……）

観念をした。

背後の尾行者の足音と、墓地の向うから、提灯《ちょうちん》をかざして走り寄って来た別の刺客の足音とが前後から迫《せま》って来たからだ。

それでも五郎蔵は、倒れたまま、蹲《うずくま》っていたのではない。

倒れて観念すると同時に、五郎蔵の右手は、ふところの短刀《あいくち》を引き抜いていた。

猛然と五郎蔵は跳《は》ね起き、真向《まっこう》から襲いかかってくるであろう刺客の刃《やいば》の下へ、捨身で打《ぶ》つかろうとした。

そのときだ。

「こらあ!!」

すぐ近くで、おもいもかけぬ大音声《だいおんじよう》が夜の闇を切り破った。

「何をしているのだ。泥棒か。人殺しか？」

並大抵《なみたいてい》の大声《おおごえ》ではない。

早春の闇が、ぴりぴりとふるえるほどの、すばらしい声だ。

肚《はら》の底から飛び出してくる声音《せいおん》だ。

五郎蔵も、必死に叫んだ。

「人殺し!!」

ついで、

「助けてくれ!!」

である。

刺客の刃は、五郎蔵の頭上へ落ちてこなかった。

そのかわりに、刺客二人の逃げ走る足音が散り散りに遠ざかって行くのを、五郎蔵は夢でも見ているような心地《ここち》で耳にとらえていた。

五郎蔵は全身のちからがぬけてしまい、其処《そこ》へくずれるように坐り込んでしまった。

まだ、助かったという実感がなかった。

五郎蔵がいる右傍の墓石の間から、男がひとり、ぬっとあらわれ、

「どうした?」

声をかけてよこした。

「いったい、何があったのだ。おい、これ、しっかりしろ!!」

「へ……」

男は坊主頭だ。

いや、坊主なのだ。

闇に慣《な》れた眼で、間近くさしよせてきた坊主の顔を見た五郎蔵が、

「あっ……井関《いぜき》さんではございませんか」

「何だと……」

つくづくと見返した中年の坊主が、

「お前は、盗賊改メの……?」

「はい。大滝の五郎蔵でございます」

「おう、おう。そうそう、五郎蔵だったっけ」

「ああ……」

おもわず、手を合わせた五郎蔵が、

「助かりました、助かりました」

心底《しんそこ》から、そういった。

まさに、乞食坊主《こじきぼうず》の井関録之助《ろくのすけ》なのである。

井関録之助は、若き日の長谷川平蔵や岸井左馬之助《きしいさまのすけ》と共に、本所の高杉道場で剣術をまなび、平蔵が弟のように面倒を見てやったものだ。

平蔵が火盗改方《あらためかた》の長官となってのち、録之助と再会をし、以来、二度三度と、録之助は平蔵の役目を手つだったりしている。

しかし、このところ、清水門外の役宅へは無沙汰《ぶさた》つづきの録之助であった。

録之助の亡父・井関三右衛門《さんえもん》は三十俵二人扶持《ぴょうににんぶち》という、徳川将軍の家来の中では、もっとも身分の軽い御家人《ごけにん》で、録之助は、その妾《めかけ》の子に生まれた。

妾といっても、女のほうから録之助の父に入れあげたわけで、

「おれとちがって親父《おやじ》どのは、美《い》い男ですからね」

むかし、録之助が平蔵に、そう洩《も》らしたことがあった。

ところが、この親父どの、後になって吉原の遊女と心中《しんじゅう》をしてしまったものだ。

おかげで家名《かめい》は断絶《だんぜつ》となり、せがれの録之助も、たちまち路頭《ろとう》に迷うことになった。

その少し前に、平蔵は亡父・長谷川宣雄が京都町奉行に就任したので、父に従い、江戸をはなれていたため、

「録《ろく》のやつの相談にも乗ってやれなかった」

のである。

剣士としての井関録之助は、さよう、岸井左馬之助にくらべると物足りぬが、いまど

きの侍《さむらい》などが三人、四人と束になってかかったとしても、びくともするものではない。

なればこそ、大滝の五郎蔵を襲った刺客たちに浴びせかけた大喝《だいかつ》の凄《すさ》まじさも、当然のことといえよう。

それだけの腕をもちながら、録之助は、どこか亡父の三右衛門に似ていて、

「逆境《ぎゃっきょう》から身を起そう」

という欲《よく》もない、暖気《のんき》なところがある。

そして彼は、いつともなく行方《ゆくえ》知れずとなってしまい、長い年月を経《へ》たのち、托鉢《たくはつ》坊主となった身を長谷川平蔵の前に見せたのであった。

「いやあ、平蔵さん、乞食坊主ほど暖気なものはない。三日やったら、やめられませんよ」

などと、録之助はいう。

江戸にいるときの録之助は、品川宿を出外《ではず》れた八ッ山《やつやま》下の北方の、木立の中の朽《く》ちかけた小屋に住み暮していたので、

(録のやつめ、久しく顔を見せぬが、どうしているのか?)

案じた長谷川平蔵が、去年の秋ごろに、みずから録之助の小屋を訪れた。

そのとき、小屋には外から板を打ちつけてあったので、

(ははあ、旅にでも出たのか……)

そうおもっていたのだ。

そのとおり、録之助は気ままな托鉢の旅を一年ほどつづけて、昨日、江戸へもどって来たばかりなのである。

「この寺の和尚様には、以前からいろいろと世話になっていてな」

と、井関録之助が五郎蔵を庫裡《くり》の方へ案内をしながら、

「というのは、この西光寺《さいこうじ》が、おれの家の菩提所《ぼだいしょ》なのだよ」

「さようでございましたか……」

「ま、あがれ」

「いえ、そうしてはいられないのでございます」

「何か、起ったのか？」

「はい」

「そりゃまあ、そうだろうな。平蔵さんの下ではたらいているお前が、物騒《ぶっそう》なやつどもに追《お》いまわされていたのだものな。よし、そうか。おれが、これから役宅まで送って行こう」

「そうして下さいますか。何しろ油断《ゆだん》も隙《すき》もならねえ相手なので……」

「おもしろいな。おれも明日は、久しぶりで、平蔵さんの顔を拝《おが》みに行くつもりだったのだ」

録之助は墓地へ出て、塀ぎわで小用《こよう》をしていたのである。

そこへ、大滝の五郎蔵が逃げ込んで来たのだ。

「おれは、いつも、外でやりつけているので、家の中の厠《かわや》では出るものも気もちよく出ないのだよ。あは、は、はは……」

井関録之助は、頭も青々《あおあお》と剃《そ》りあげていたし、小肥《こぶと》りの躰にまとっている法衣《ころも》も真新しい。

これは、昨日の夕暮れに西光寺へ到着した録之助を、和尚が身ぎれいにしてやったからだ。

西光寺へ入って来たときの彼は、旅の垢《あか》と埃《ほこり》とにまみれつくし、出迎えた小坊主が、あまりの異臭にたまりかね、鼻をつまんだそうな。

二

「さあ、曲者《くせもの》どもめ。出て来るなら出て来てみろ」

と、録之助は五尺もある樫《かし》の杖《つえ》をつかみ、五郎蔵と共に盗賊改方・役宅へ向った。

途中《とちゅう》、何事もなく、役宅へ着いた。

このとき、すでに、上野山下の岡場所の〔みよしや〕からの情報をもって、石塚才一郎が役宅へ駆けつけていた。

「そうか。あの、およねが……」

長谷川平蔵は、死んだ密偵の伊三次とおよねのことを、よく知っているだけに、

「ようも仕てのけてくれたものじゃ」

そして、すぐさま、沢田小平次と密偵二人を、この前の事件のときと同様に、石塚才一郎家へ待機させることにした。

さすがに曲者どもも、この役宅への出入りを見張ることはできない。

江戸城・内濠《うちぼり》に面しているだけに、日中、通行の人びとにまじって通りすぎることはできても、日が暮れれば警戒もきびしく、とても、この辺りをうろついているわけにはまいらぬ。

いずれにせよ、これまでは後手後手《ごてごて》にまわってしまい、曲者どもに機先《きせん》を制されていた盗賊改方が、はじめて探索の手がかりをつかむことを得た夜になった。

一は、みよしやの妓《おんな》およねによってもたらされた、二人の怪《あや》しい浪人である。

これを、石塚才一郎の小者・浅吉《あさきち》が独《ひと》りで尾行しているという。それはいささか、たよりないような気もするが、石塚才一郎は、

「浅吉なれば、きっと、やりとげまする」

と、長谷川平蔵にいったし、石塚の剣友でもある同心・沢田小平次も、

「浅吉ならば、心強いと存じます」

と、いった。

いま一つは……。

ほかならぬ大滝の五郎蔵が、権兵衛酒屋の老亭主を訪ねて来た件《くだん》の老人の行方を突きとめたことであった。

「よく、やった」

おもわず、平蔵は五郎蔵をほめずにはいられなかった。

ともかくも、

（これで、おれの手も足も、この頭も、はたらくことができる……）

ことになったからであろう。

「それに録之助。お前は、五郎蔵の命の恩人じゃ」

「とんでもないことで……」

「いや、お前が五郎蔵を助けてくれなんだら、この手がかりもつかめぬままになってしまったろうよ」

「へ、へへ……」

「江戸をはなれていたとな」

「はい、旅はようござんすよ、平蔵さん」

「生臭坊主《なまぐさ》め、諸方で、さんざんに悪いことをしてまいったのであろう」

と、めずらしく平蔵が軽口《かるくち》をきいたものだ。

「ときに、五郎蔵」

「はい」

「その老人が入って行った屋敷は？」

「小石川の七軒町でございます。通りがかりの、近くの屋敷の中間《ちゅうげん》をよびとめて尋《たず》ねましたら、六百石の御旗本、清水源兵衛《しみずげんべえ》様の御屋敷だそうで……」

「清水、源兵衛……」

「はい」

「ふうむ。耳にしたことのある名じゃ」

そのとき、井関録之助が五郎蔵に、

「ほんとうか？」

「はい……」

「それなら、おれも知っている」

「何じゃと……？」

平蔵が、口へ運びかけた銀煙管《ぎせる》を煙草盆へ置いて、

「録。まことか？」

「ええ、知っていますよ。私は、本所の高杉銀平先生の門人となる前に……つまり、子供のころでしたが、湯島六丁目で一刀流の道場をかまえていた菊池夏之介《きくちなつのすけ》先生のところで、手ほどきを受けました。このことは平蔵さんにもはなしましたよ」

「そうであったか、な……」

「そうですとも」

「ふむ。それで？」

「ところが、死んだ親父が、何も本所から湯島まで通《かよ》うことはない。本所には高杉銀平

先生という立派な剣客がいるのだからと、めずらしく父親らしいことをいいましてね。それで高杉道場へ入り、したがって、あなたや岸井さんに昵懇《じっこん》にしていただいたと、こういうわけなので……」

「どうも、お前は、むかしから口が多いな」

「ですから、その、私が菊池道場にいたころ、私より三つ四つ年下の子供が同門でしてな。それがそれ、五郎蔵が申した清水源兵衛なのですよ」

「何……」

「子供にしては筋《すじ》がよかったとおぼえています。私も筋がよかった」

「そんなことは、どうでもよいわ」

「いえ、ですから、子供どうし、まことに仲よくなりましてね。子供のころのことは忘れないものです。私ぁ、乞食坊主になってからも、一度、訪ねて行きましたよ」

「ほんとうか？」

「五年ほど前でしたが、こころよく会ってくれ、酒を出してくれました」

「ふうむ……すると、五郎蔵が尾《つ》けたという老人は……？」

「もしやすると、御隠居の三斎《さんさい》様かも知れませせぬぜ」

「いるのか、隠居が……？」

「清水源兵衛の父御です。源兵衛は、私が訪ねたときの三年前に家督《かとく》をしたと、たしか聞きおよびましたが……」

「なるほど」

うなずいた長谷川平蔵が、こういった。

「録さん。こいつは、お前にも手つだってもらわなくてはなるまい」

三

この夜。

井関録之助は、役宅へ泊ることになった。

与力の佐嶋忠介や、同心筆頭の酒井祐助、録之助は与力の溜部屋《たまりべや》へ行き、いろいろと打ち合わせることにした。

「いずれにしても、明日からのことじゃ」

平蔵は録之助に、そういった。

だが、怪しい浪人を尾《つ》けていった石塚家の小者からの報告が、まだ入ってはいない。

沢田小平次は、密偵二人を連れ、石塚才一郎と共に下谷へ向った。

小者の浅吉が、もしも首尾《しゅび》よく浪人どもの行先を突《つ》きとめたとして、そのまま、すぐに役宅へ知らせに来るか、または主人の石塚へ先ず知らせるか、そこのところがはっきりせぬ。

石塚才一郎も、咄嗟《とっさ》のことだったので、

「尾けろ」

命じはしたが、先ず、何処へ知らせよとは指示していなかった。

「ともかくも、早いうちに石塚家へ詰めていたほうがよい」

と、沢田同心がいい、急ぎ、役宅を出たのであった。

大滝の五郎蔵は、

「危いからよせ」

しきりに同心たちがとめたけれども、

「なあに、もう大丈夫でございますよ」

振りきって、駒込の〔権兵衛酒屋〕へ引き返して行ったそうな。

これは、五郎蔵が件《くだん》の老人の尾行を開始したことを、おまさが、役宅へ駆けつけて知らせたのち、

「何かあると、木村の旦那おひとりですから……」

これも、すぐに引き返して行ったと聞いて、そこは五郎蔵にとって女房のおまさだけに、心配になってきたのであろう。

「ま、五郎蔵のことゆえ、二度と危い目にもあうまい」

長谷川平蔵は、それを聞いたときも、格別、案ずる様子はない。

夜が更けてから、平蔵は、権兵衛酒屋の女房お浜が寝ている部屋へ行って見た。

そこは、同心の溜部屋から中庭をへだてて見える土蔵傍《どぞうわき》の一間で、若い同心の島田慶《しまだけい》太郎《たろう》が、寝ているお浜の傍につきそっている。

中庭づたいに出た平蔵が、

「おい、島田」

戸口で声をかけると、島田同心が、すぐに板戸を開けて迎え入れた。

お浜は、こちらに背を向けて寝ていた。

膏薬《こうやく》の匂いが、部屋の中に重くこもっている。

「どのようなぐあいじゃ？」

「どうも、はかばかしくないようでございます」

「いま、婆さんは眠っているのか？」

「そのようでございます。先刻まで、何やら、魘《うな》されていたようで……」

「で、何ぞ口走《くちばし》りでもしたか？」

「いえ、それが、唸《うな》り声だけなのでございます」

「ふうむ……」

「なれど、中村春庵先生が申しますには、すこしずつ、よくなってきているとか……このまま、死ぬるようなことは、まかり間ちがってもないそうでございます」

「そういったか、ふむ……それならばよい」

このとき、平蔵と島田の声が耳へ入ったかして、お浜がこちらへ顔を向け、薄眼《うすめ》を開けたのを平蔵は見逃さなかった。

「これ、婆さん……」

お浜は、また目を閉じた。

「お前の亭主のところへ、年を老《と》った侍が何度か訪ねて来たのを、知っていような」

「………」

「その侍の屋敷を突きとめたぞ」

お浜の眉《まゆ》が、ぴくりとうごいた。

「知っていような」

「………」

「どうじゃ?」

微《かす》かに、お浜がうなずいたのを、平蔵も島田も、たしかに見た。

「よし、よし」

と、やさしげな声で平蔵が、

「その侍の名を、知っているかえ?」

「………」

「どうじゃ?」

目を閉じたままのお浜が、今度は、はっきりとかぶりを振った。

「知らぬと、な……」

お浜が、うなずく。

まるで唖《おし》の老婆を相手にしているようなのだが、平蔵はにこやかに、

「その侍はな、六百石の旗本の屋敷へ入って行ったそうな。その屋敷に住み暮しているらしいぞ」

お浜が目を開けて、平蔵を見た。

「どうじゃ、こころ当りはないかえ？」

「その……」

と、お浜の白く乾《かわ》いた唇《くち》が、はじめてうごいた。

「その、お屋敷というのは、どこなんでございます？」

あきらかに、お浜は知らぬ。

知らぬが、何やら気がかりになり、たまりかねて反問《はんもん》した様子が、平蔵にはありありと看《み》てとれた。

「小石川の、七軒町。清水源兵衛という旗本の屋敷じゃ」

「………？」

お浜には、わからぬらしい。

老亭主から聞いていないのだ。

いや、亭主が語ろうとしなかったのではあるまいか……。

「お前の亭主の名は、駒込の名主から聞いた。弥市《やいち》というのだそうな」

お浜が、うなずく。

「本名か。いや、そうではあるまい」

お浜が、かぶりを振る。

「お前は、むかし、小千住で笠屋をしていた友次郎の女房だったそうな」

こたえぬお浜は、両眼を閉じて、平蔵に背中を向けてしまった。

そこへ、低いが切りつけるような呼吸で平蔵がいった。

「友次郎のむかしなじみの、吉祥寺門前の笠屋の勘造は、あれから殺害《せつがい》されたぞ」

お浜の肩が衝撃にふるえた。

島田慶太郎は、息をのんで長官の横顔を見つめている。

「わしも、殺されかけた」

お浜が、掛《かけ》ぶとんを頭からかぶってしまった。

「このことを、よくよく考えておくがよい」

しずかに、こういい置いて、長谷川平蔵は中庭へ出て行った。

石塚家の小者・浅吉からの報告がとどいたのは、それから間もなくのことであった。

四

浅吉は、石塚家へもどらず、役宅へ駆けつけて来たのである。

二人の浪人は、上野山下で右と左に別れた。

(さて、どっちを……?)

尾《つ》けようかと、浅吉は一瞬まよったが、みよしやの亭主から、

「若い方が、およねの客なんですよ」

と、聞いていたので、こころを決めて高橋浪人を尾行することにした。

「おもいがけず、近いところでございました」

浅吉が、長谷川平蔵にいった。

高橋浪人は、上野から目と鼻の先の茅町《かやちよう》二丁目の飯屋《めしや》・三州屋《さんしゆうや》へ入って行った。

そこは、不忍池《しのばずのいけ》の西側にあたる。

不忍池に沿った道の、もう一つ裏側の道に三州屋は在《あ》った。

小体《こてい》な店だが何やら小ぎれいで、飯屋といっても、明け方近くまで酒をのみに来る客が絶えない。

このあたりには、大名の下屋敷や大身旗本の屋敷が多く、そこの小者たちが、夜更けてからの客であった。

ことに大名の下屋敷内の中間部屋は、夜になると博奕場《ばくちば》になるのが少くない。そこへ出入りする連中も往《ゆ》き帰りに酒をのみに入って来る。

三州屋の戸障子を開けて、中へ消えた高橋浪人の後から、

（よし）

おもいきって浅吉は、三州屋へ入って行った。

尾行の距離が短く、人の足も絶え切っていなかっただけに、高橋浪人も浅吉に気づかなかったのがさいわいであったといえよう。

中に通路をはさんだ、両側の入れ込みには、食べる客、飲む客があふれてい、談笑のざわめきと酒の香りと食べものの匂いがみちて、活気がみなぎっていた。

二人の小女《こおんな》が、走りまわるようにして立ちはたらいている。

高橋浪人が中へ入って行くと、

「お帰んなさいまし」

と、小女が笑いかけ、高橋は、

「おお」

にっこりとうなずき、入れ込みの片隅へ坐り込み、

「寝る前に、すこしやるかな」

「はあい」

そこへ、板場の中から、この店の亭主らしい威勢のよい老爺《おやじ》が向う鉢巻であらわれ、

「やあ、お帰んなせえ。いま、うめえものを出すからね」

「そうか、たのむ」

どうも高橋浪人は、この三州屋の二階の部屋にでも住み暮しているらしい様子が、しだいに浅吉にも看《み》てとれた。

高橋は、それから一刻ほど、飲んだり食べたりしてから、

「さて、寝るとしようか……」

小女に、そういってから板場の方へ入って行った。

浅吉は小女に、

「あの、おさむらいさんは、ここにいなさるのかね？」

さり気なく尋《き》いた。

「へえ、そうですけど……」

「いいなあ」

「え……？」

「だって、酒好きな人には、これほど重宝《ちようほう》な塒《ねぐら》はねえもの」

「まあ……」

小女も笑い出して、

「高橋さんは、いい人ですよ」

「へえ、そうかい」

「知ってなさるんですか？」

「いや、ここから見ていて、うらやましいとおもっていたのさ」

「あれ、まあ……」

「勘定をしておくれ」

「あい、あい」

そこで、浅吉も腰をあげたというわけなのだ。

「よう仕てのけてくれた」

平蔵は、小判一両を懐紙に包み、

「少いが、わしの気もちじゃ」

「と、とんでもないことで……」

「ま、そう申すな。お前のおかげにて、われらはようやくに手がかりを得たことになる。さ、取っておいてくれ」

浅吉は、金包みを押しいただいた。

「役宅へ泊れというわけにもまいるまい。お前のあるじが案じていよう」

「はい。すぐさま、立ちもどりますでございます」

平蔵は、同心ひとりを浅吉につけてやった。

その後で、

「さて、佐嶋。これでどうやら、こちらにもつきがまわって来たようじゃな」

「はい」

佐嶋忠介も昂奮《こうふん》を隠そうとはしなかった。

「で、録之助のほうは、どうなった？」

「明日、清水源兵衛様御屋敷を、訪ねていただくことにいたしました」

「ふむ。なれど、くれぐれも気をつけるようにしてもらわぬと……」

「井関殿にも、ぬかりはございますまいかと……」

「いや、あいつ少々、あわて者なのでな。どうしている、録は……？」

「すこし前に、眠られましたようで」

「暖気者《のんきもの》よ。土の上でも草の中でも眠れる男じゃ」

坊主になった井関録之助が、

「久しぶりに江戸へもどって来て、おぬしがなつかしくなって……」

と、清水源兵衛を訪問することは、いささかも不思議でない。

「ところで佐嶋。先刻、浅吉の申したことから推《お》して看《み》るに、その高橋某《なにがし》と申す浪人、このおれをつけねらうような男にもおもえぬが……」

「そのことでございます。なれど、いま一人の浪人のさそいに乗ったわけでもございますまい」

「それは、そうだが……」

「高橋浪人へは、だれを見張りにさしむけましょうや？」

「うむ……」

平蔵は沈思《ちんし》していたが、ややあって、

「よし、わしが出張《でば》ってみよう」

「それは……」

「ま、よい。そやつの面《つら》を見とどけておきたい。もしやすると、わしの首を取りにやって来ようというやつじゃ」

「何を、おおせられますことやら……」

「まかせておけ」

「お一人で……？」

「そうだな。密偵をひとりだけ、つれてまいろうか。だれがよい？」

「相模《さがみ》の彦十《ひこじゅう》が、今夜は泊っておりますが……」

「そうか。ならば、あの老爺《おやじ》にしよう。わしには、むかしからの相棒ゆえ、こうしたときには打《う》ってつけじゃ」

五

翌朝、めずらしく早起きをした長谷川平蔵が、居間で朝餉《あさげ》をしたためているところへ、

「平蔵さん。では、ちょいと行ってまいります」

と、井関録之助が顔を出した。

「おお、録さん。腹ごしらえをしたかえ？」

「ええ、こんなもんです」

ふくらんだ腹のあたりを、ぽんぽんと叩いて見せたものだから、久栄《ひさえ》が、たまりかねて吹き出してしまった。

「相変らず、大食《おおぐ》いはなおらぬものとみえる」

「大食いするには、乞食坊主がいちばんで……」

いいさすのへ、すかさず平蔵が、

「三日やったらやめられぬ、か……」

「えへ、へへ……」

「今日は、寄り道をせずに、此処へ帰っておれよ」

「心得ていますとも」

録之助は網代笠《あじろがさ》に草鞋《わらじ》ばきという托鉢僧《たくはっそう》そのものになって、小石川の清水源兵衛邸へ出かけて行った。

それから間もなく、長谷川平蔵も老密偵・相模の彦十をつれ、これは密《ひそ》かに裏門から役宅を後にした。

朝空が、どんよりと曇っている。

それでいて、何がなしにあたりが明るく、歩むうちに肌が汗ばんでくるほどであった。

「すっかり、暖《あった》かくなりやしたねえ」

相模の彦十が、うしろから声をかけてきたのへ、

「お前は、生まれて何度目の春を迎えることになるのだ？」

「そんな、面倒《めんどう》くせえことを考えている暇《ひま》はござんせんよ」

「そんなに忙《いそが》しいかえ？」

「だって、お前さまの手つだいをしているからには、一杯《いっぺい》ひっかけているうちにも落ちつきませんや」

「それは、すまなんだのう」

「ときに、井関の録のやつは相変らずでごぜえますねえ」

と、彦十め、遠慮会釈《えんりょえしゃく》もない口をきくのである。

何しろ録之助が、平蔵のうしろへくっついて、本所・深川界隈《かいわい》で、土地《ところ》の無頼どもを相手に暴れまわっていたころから知っている彦十なのだ。

目ざす茅町二丁目の三州屋の前へ、二人が到着したのは四ツ（午前十時）ごろだ。

三州屋は店を開けたばかりで、小女が店の外を掃《は》き清めていた。

明け方近くまで商売をしているので、店を開けるのがどうしても遅くなるのであろう。

今日の平蔵は、例によって着ながしに編笠という微行《びこう》見廻りの姿で、彦十は、そのあたりの何処にでも歩いている老爺にすぎない。彦十は裾《すそ》を端折り、竹の杖をついていた。

「ふうむ、此処か……」

小さな稲荷《いなり》の社《やしろ》の鳥居の蔭へ立ち、平蔵がつぶやいた。

ここは忍《しのぶ》ヶ岡と向《むこう》ヶ岡の境いというので、土地の人びとは〔境《さかい》稲荷〕とよんでおり、社地はわずか二十坪足らずしかない。

「さて、どうするかな……」

「昼ごろには客も入れましょう。そうしたら、入《へえ》って見ちゃあいかがなもんで？」

「そうだな……」

低声にいいかわしているとき、三州屋の中から、当の高橋浪人がふらりと外へ出て来たではないか。

高橋は、外を掃除している小女に笑顔で何かいい、小女が笑い出した。

「あれだ、彦十」

「へえ……」

「間ちがいはない。よし、わしが尾《つ》けてみよう。お前は後で三州屋へ入り、それとなく嗅いでみてくれ」

「合点《がってん》で……」

不忍池畔の道へ出て行く高橋浪人を、平蔵が尾けはじめた。

高橋は、ゆっくりとした足取りで不忍池をほとんど一周し、上野山内と松平伊豆守・下屋敷の境いの坂をのぼりはじめた。

右側は、鬱蒼《うっそう》たる上野の杜《もり》。左側は松平家の土塀がつづく、その坂道を、いま通っているのは平蔵と浪人のみであった。

何処かで、野良猫《のらねこ》の鳴き声が聞こえた。

と、高橋浪人の足がぴたりと止まった。

そして、これもゆっくりと坂をのぼって近づいて来る長谷川平蔵を、凝《じっ》と見まもった。

平蔵は、いささかもためらうことなく、右手をふところへ入れたまま変らぬ足取りで高橋へ近寄って来るのだ。

先夜。

駕籠に乗った平蔵を襲撃した刺客どもの中には、

（この男はいなかった……）

すでに平蔵は、見きわめをつけていた。

編笠をかぶったままの長谷川平蔵が、高橋浪人の眼前三尺《じゃく》のところを悠然と通りすぎようとしたとき、

「おい」

いきなり、高橋が声をかけた。

「わしのことか……」

振り向いた平蔵へ、

「そうだ」

いったかとおもうと、腰をひねった高橋が、凄《すさ》まじい抜き打ちを平蔵の胴へ送り込んできた。

斜《なな》め前へ飛んで躱《かわ》した平蔵が腰を沈《しず》め、まだ刀へは手をかけぬままに、

「無礼者《ぶれいもの》め!!」

大喝《だいかつ》した。

「無礼は、どっちだ!!」

と、浪人が叫び返した。

「こいつめ、何故、おれを尾けて来たのだ?」

「尾けられるおぼえがないのか?」

「うるさい」

高橋浪人は大刀を右肩へ担ぐような、妙な構えで、じりじりと平蔵へ迫って来る。

やむなく平蔵は、亡父ゆずりの粟田口国綱《あわたぐちくにつな》二尺二寸九分余の大刀を抜きはらった。素手《すで》であしらえる相手ではない。

「おのれ、笠屋の勘造を殺したな」

「な、何……」

高橋は、呆気《あっけ》にとられたようで、

「笠屋なぞ、おれが知るか」

そういった声に、

（嘘はないらしい……）

と、平蔵は直感した。

「こいつ、妙なやつだ」

「おのれも奇妙《きみょう》な男よ」

「だまれ!!」

肩に担いだような高橋浪人の刀が大きく弧《こ》を描《えが》き、同時に高橋の躰が沈んだかと見る間に、

「たあっ!!」

何と、下から上へすくいあげるように薙《な》ぎはらってきた。

「む!!」

またしても飛び退った平蔵が編笠を外《はず》し、踏み込んで来る高橋へふわり、と投げた。

高橋浪人は、これを刀ではらいのけざま、

「こいつめ!!」

上段に振りかぶったが、そのまま、もう踏み込めぬ。

恩師・高杉銀平直伝《じきでん》の一刀流晴眼《せいがん》の構えに、平蔵は高橋がつけ込む隙《すき》をあたえぬ。

いまは、顔貌《がんぼう》を高橋浪人に見せた平蔵が、

「きさま、盗賊改方の長谷川平蔵殺害《せつがい》の事をたのまれたな」

「う……」

これには、高橋も愕然《がくぜん》となったようだ。

まさかに、みよしやのおよねの口から洩《も》れたとは、高橋もおもわなかったろう。

「どうだ?」

「し、知らん」

「嘘をつけ」

「な、何だと……」

すっと身を引いて、ふたたび大刀を右肩へ担いだ高橋の両眼に殺気がみちみちてきて、

「きさま、何者だ?」

「知りたいか?」

「いえ。いわぬか!!」

平蔵が、声もなく笑って、

「火付盗賊改方、長谷川平蔵宣以《のぶため》だ」

「あっ……」

高橋の両眼から、たちまちに殺気が消えた。

六

「いや、とんでもないことです」

と、浪人・高橋勇次郎《たかはしゆうじろう》が真顔《まがお》になって、

「もとより、あなたを斬る……いや、斬ろうとて斬れるものではないことは、よくわかりましたが、いずれにせよ、仕てのけるつもりはありませぬでした」

率直《そっちょく》に、いった。

長谷川平蔵は、あれから高橋浪人をともなって道を引き返し、不忍池のほとりにある茶店へ入った。奥へ入ると、不忍池を見わたす小座敷が一つあったので、そこへ落ちつき、酒をたのんだのである。

「それにしても、こんなことが、よく、お耳に入ったものですな」

高橋は、不審《ふしん》そうにくびをひねっていたが、

「あ……それでは、あの提灯店《ちょうちんだな》のみよしやという店には、盗賊改メの息がかかってい

るのですか？」

「そんなことはどうでもよい。それよりも、わしの首一つと引き替えに、金五十両を出すと申したやつは、どこのだれなのだ？」

「さ、それは知りませぬな。私は連れの男から持ちかけられたまでのことなので……」

「共に、みよしやへあがった浪人だな？」

「さようです」

「おぬしとは、親密の間柄なのか？」

「いや、ただ、その……」

「ただ、その……とは？」

「三度ほど、いっしょに、道場破りをしたことがあります」

「ほう……ちかごろ、道場破りは金になるかえ？　大《て》したことはねえだろう、どうだ」

ぐっとくだけた口調《くちょう》になった平蔵を、高橋浪人は呆《あき》れ顔に見まもった。

高橋浪人へ、平蔵暗殺の事をもちかけた中年の浪人は、名を大野弁蔵《おおのべんぞう》というそうな。

一年ほど前に、高橋勇次郎が、どこぞで道場破りをやっているのを、大野は武者窓《むしゃまど》の外から見物していて、出て来た高橋へ、

「ま、つきあってくれ。おれと組んでやろうではないか」

と酒にさそった。

そのときの高橋は、

「五人までは叩き伏せましたが、六人目に出て来た男にやられまして、一文にもならず、出て来たところへ、大野から声をかけられたのです」

「どこの道場だな、それは……」

「市ヶ谷の左内坂《さないざか》の、たしか、坪井主水《つぼいもんど》という……」

「なるほど」

その坪井道場には、平蔵の息・長谷川辰蔵が修業中であるし、かの〔用心棒事件〕以来、いまも深川・佐賀町《さがちょう》の佐野倉勘兵衛《さのくらかんべえ》方に寄食《きしょく》している高木軍兵衛《たかぎぐんべえ》も一日置きに通《かよ》っている。

そこで平蔵が、高橋浪人へ、

「五人まで叩き伏せたといったが、その名をおぼえているかえ？」

「さあ……忘れましたが……」

しかし、よくよく尋《たず》ねて見ると、どうも息子の辰蔵が、五人の中に入っていたらしい。

（そうであろう。辰蔵では、まだ、この男には歯が立たぬ）

最後に出た六人目の男というのは、道場のあるじ・坪井主水であった。

これまた、高橋浪人では、

（歯が立たぬ……）

のである。

「で、その、大野弁蔵なる浪人は何処に住んでいる？」

「さて、それが……」

「わからぬ、と？」

煌《きら》りと、平蔵の眼が光った。

「いや、まったく……向うのほうから、私を訪ねてまいるのです」

「茅町の三州屋へかえ？」

「えっ……そこまで御存知なので……」

ぽかんと口を開けた高橋勇次郎には、どうも単純なところがある。

（こやつ、根っからの悪党ではないらしい）

と、平蔵は看《み》た。

「これは、どうも、おどろきましたなあ」

「おぬし、嘘をいっているのではないらしい」

「嘘をついてもはじまりませぬよ。昨日も、大野のほうから、遊びに行かぬかとさそいに来たのです」

「今日は何処へ行くつもりなのだ」

「別に、あてはないのです。天王寺《てんのうじ》から日暮里《にっぽり》のほうへ、ぶらぶらと行ってみようとおもっただけです。何やら、春めいてまいったので……」

「なるほど」

「ところで長谷川様。どうなさいます？」

「何を？」

「私の身柄《みがら》をです。ごかんべん下さいますか？」

人懐《ひとなつ》こく、高橋浪人がいう。

さほど、悪い事をしたつもりではないのだろうし、高橋のいうことが本当なら、まだ犯行に取りかかったわけではないのだ。

「他に、悪事をはたらいてはおらぬだろうな？」

「道場破りと……さよう。道を歩いていて、どうも嫌《いや》な面《つら》つきをしている金持ちの町人とか侍とかに喧嘩《けんか》を売り、いささか強奪《ごうだつ》いたしたりしますが……」

どうも、いたって正直なのである。

「強奪か……」

「はい」

「うふ、ふふ……」

おもわず笑い出した長谷川平蔵が、

「独身《ひとりみ》かえ？」

「はい」

「両親は？」

「すでに亡くなりました。父は、信州・上田の浪人でした。父は強うございましたよ、剣術が……ですが、いたって気ばたらきのないほうで、上田藩におりましたときは、失《しっ》敗《じり》ばかりしておりました」

そのくせ頑固《がんこ》な性格ゆえ、上役《うわやく》との衝突《しょうとつ》が多く、つまりは体《てい》よく馘首《かくしゅ》されてしまったらしい。

「江戸へ出てまいったのは、拙者が十七のときでした。はあ、十年前のことです」

「これから、何をして生きて行くつもりなのだ。いつまでも、こんなことをしているのかえ？」

「何か、自分の剣術を生かしたことをやってみたいのですが……どうも、うまく行きません。こんな暮しをしていると、もうやめられないのです」

「乞食坊主のようなものか……」

「え？」

「いやなに、こっちのことさ」

「あの、拙者、もうよろしいでしょうか？」

「そうだな……」

にやりとして、平蔵が、

「おれといっしょに来ぬか？」

「やはり、いけませぬか？」

「おれをたすけてくれ」

「な、何ですと……？」

「手を貸してくれるなら……そうさな、道場破りよりは、いくらか増《ま》しな金になるぞ。やってみぬか、どうじゃ」

七

この日。

長谷川平蔵が役宅へもどったのは、日が暮れてからであった。

すでに、相模の彦十はもどって来ていたし、場合が場合だけに、

(もしや?)

と、役宅の一同、かなり切迫《せっぱく》のおもいになっていたようだ。

「みんな、妙な顔をしているではないか。それほど、わしがたよりなかったか」

出迎えた佐嶋忠介たちへ、平蔵が笑いかけた。

「いや、決して、そのような……」

そこへ、彦十が飛び出して来て、

「あれから、どうしなすったね?」

「お前のほうこそ、どうであった?」

「あの三州屋は、別に怪《あや》しいところはごぜえやせんよう。昼どきから二刻《ふたとき》も中へ入《へえ》って飲んだり食ったりしながら、小女からいろいろ尋《き》き出しましたが、へえもう、何のことはねえようなもので……」

「そうらしいな」

「へ……？」

「酒を一升《しょう》ものんだというではないか」

「えっ……」

彦十が、狐に化《ば》かされたような顔つきになった。

自分が、のみ食いしているところを、平蔵が見ていたわけではないのだ。

「よく知っていなさる……」

「お前が、まだ、いいきげんで管《くだ》を巻いているとき、おれは三州屋の二階にいたのさ」

「じょ、冗談《じょうだん》じゃあねえ」

平蔵は高橋勇次郎と共に、不忍池畔の茶店を出てから、三州屋へもどった。

裏口から入り、高橋の寝起きしている二階の小部屋へあがってしまったので、当然、彦十の目にはとまらなかったけれども、

(おお、やっているな)

平蔵は板場の蔭から覗《のぞ》いて、小女を相手に、いいきげんで冗談をいっている彦十を見ている。

「まったくどうも、長谷川さまときたら、油断も隙《すき》もあったものじゃあねえ」

彦十は、おもわずぼやいて、

「これ、口をつつしまぬか」

佐嶋与力に叱られたものだ。

「ま、よいわ。この老爺《とっ》つぁんは、わしのむかしなじみゆえ、わしもちょいと頭があがらぬのじゃ」

井関録之助は、まだ、帰っていなかった。

駒込の権兵衛酒屋から、交替《こうたい》して役宅へもどって来た木村忠吾・大滝の五郎蔵・おまさによると、

「あれからは、これといって変ったこともないようでございます。三人は役宅内へとどめおき、やすませておりますが……」

「五郎蔵とおまさは、今夜、家へ帰してやれ。このところ、やすむ間とてなかったゆえ」

「承知いたしました」

「ともかくも、湯を浴びてくる。見はからって、居間へ来てくれ」

「はっ」

入浴をすませた平蔵が居間で夕餉をすませたところへ、佐嶋があらわれた。

「それで、かの浪人めは……？」

「おお、会うた」

「やはり、向うより切ってかかりましたので？」

「ま、そんなところだが、うまく手なずけてしまったわ。おもいのほかにおもしろいや

つでな」

と、平蔵が高橋浪人のことを語り、

「その大野なにがしと申す無頼浪人の居所《いどころ》は、高橋勇次郎がきっと突きとめてくれよう」

「大事ございませぬか？」

佐嶋は、不安げであった。

「明日、大野と会うことになっているらしい」

「では、見張りをつけさせましては？」

「高橋にまかせておこう」

そこへ、井関録之助がもどって来た。

「いやあ、どうも。すっかり馳走《ちそう》になってしまいましてな」

「見よ、佐嶋」

と、平蔵が、

「彦十も録之助も、この態《てい》たらくじゃ。たよりないのは、高橋よりもこっちのほうだ」

「いやいや、そうでもありませんぞ」

「何か、尋き出せたか？」

「尋き出すためには、時間《とき》がかかります」

「わしに説教《せっきょう》するつもりか」

「とんでもない。私は、いいわけをしているのですよ」

「こいつめ……」

「権兵衛酒屋とやらの亭主を訪ねたのは、やはり、清水源兵衛の父御の三斎様でしたよ」

「ほう、そうか」

「これは平蔵さん。奥が深いようですぜ」

「ふうむ……」

清水源兵衛は、幼名を小一郎《こいちろう》といい、父の跡目《あとめ》をつぎ、当主となったわけだが、今日、録之助が訪ねて行くと、

「なつかしいのう、録どの」

こころよく迎えてくれ、すぐに、酒の仕度を命じた。

録之助は、あわてなかった。

そして、清水源兵衛の躰に酒がまわったころを見はからって、

「ときに、御尊父《ごそんぷ》にお変りはないか?」

切り出してみた。

「それが、な……」

と、清水が眉《まゆ》をひそめて、

「どうも、おかしいのだ」

「何が？」

「何やら、おもいあぐねている態《さま》が見える。わしにも打ち明けられぬ悩《なや》み事があるのではないか、と……」

「そりゃ、いかぬな」

「尋《たず》ねてみても、いや、別に案ずることはないというのだ」

「いつごろからなのだ？」

「さよう。半年ほど前からかな。それまでは、しごく明るい顔をしておられたのだが、それだけに気がかりなのだ」

「何ぞ、おもいあたることはないのか？」

「それが……」

と、清水源兵衛が、一瞬ためらってのちに、

「ないこともない」

そういったというのである。

八

それは、つい一月《ひとつき》ほど前のことであったが、久しぶりで、清水源兵衛が父・三斎の酒の相手をした。

清水三斎は、多量に酒を飲むのではないが、毎日、夕餉どきには独りきりで、必ず酒

をたしなむ。

源兵衛は、

（ちょうどよい……）

と、おもった。

そこで、父の老顔が酒に赤らんだころを見はからって、

「父上。ちかごろは何ぞ御気分《ごきぶん》がすぐれぬようにお見うけいたしますが、御不快のことでもありますなら、源兵衛にお洩らし願いたく存じます」

と、いい出た。

あまり、うまくもなさそうに盃をふくみつつ、三斎が上眼《うわめ》づかいに倅《せがれ》を見やって、返事をせぬ。

「私のみか、奉公人たちも案じております。これは、いかがなものでありましょうか。血を分けた私の耳にも、父上のお胸の内がわからぬというのでは、跡《あと》をうけたまわった身として、源兵衛いささか当惑《とうわく》いたします。私はいま、当家の主《あるじ》でありますゆえ」

おもいきって源兵衛は、強くいった。

そこは真の父子だけに、こうなると遠慮がない。

「む、相わかった」

うなずいて、盃を膳に置いた清水三斎が、ふっと、

「去年、弥一郎《やいちろう》に、出会うてな……」

「弥一郎……と、申されますと、あの、永井殿の？」

「さよう。まぎれもなき、永井弥一郎であった」

永井弥一郎は、神田の今川小路《いまがわこうじ》に屋敷を構える、これも六百石の旗本で、若いころの清水三斎とは、同じ御役《おやく》に就《つ》いていたころがある。

その御役とは〔新御番組頭《しんごばんくみがしら》〕というもので、戦時には将軍の親衛隊《しんえいたい》となるが、平時は殿中《でんちゅう》の要所をかため、将軍が外へ出るときは、その駕籠の前後を警衛する。各組に番衆五十人・与力十騎・同心二十人が配属《はいぞく》される。

清水三斎と永井弥一郎は、この御役をつとめているころ、たがいに、たがいの人柄にこころをひかれて、親密の間柄となった。

それは、およそ三十年も前のことであった。

それから十年ほど、両人の交誼《こうぎ》がつづいたが、この間に、両人とも御役を下《さが》り、小普請組《こぶしんぐみ》に入っている。

清水源兵衛にいわせると、

「さよう。わしが、いまの女房どのを貰《もろ》うて間もなくのことであったが……突然、その永井弥一郎殿が行方知《ゆくえし》れずとなってな」

「どうしてかね？」

と、井関録之助。

「わしには、くわしいことはわからぬ。なれど、父はこころをゆるした間柄だけに、何ぞ知っていると看《み》てよい。いずれにせよ、家族や奉公人を捨て、書き置きも残さず、けむりのごとく屋敷から消えてしまったのだ」

「そんなことがあったか、な……そうだ。おれも、ちょうどそのころ、父が吉原の女と心中をしてしまい、家を取り潰《つぶ》されてしまったのだよ」

「お、それは耳にした」

さも可笑《おか》しげに、清水源兵衛が、

「粋《すい》な親父どのよ。あのときは、わしも随分《ずいぶん》と心配をしたぞ、おぬしのことを……それなのに、これまた、けむりのごとく何処かへ消え果ててしまった……」

「いや、そういいなさるな」

ともかく永井家では、当主が失踪《しっそう》してしまったので、いろいろと面倒なことが起ったらしい。

しかし、何か失敗《しくじり》をして逃亡したというのでもない。

当時の永井弥一郎は、もと新御番の組頭をつとめたほどの男ゆえ、素行《そこう》に悪いところがあったわけではない。

妻の伊乃《いの》(すでに病死しているそうな)との間に子はなかった。

そこで、弟の伊織《いおり》が永井家を継《つ》いだわけだが、これとても簡単に家督《かとく》ができたのではない。

旗本が理由もわからぬ失踪をしてしまえば、これは罪人である。

そこを、

「急病のため、永井弥一郎が、身うごきもならなくなった……」

ということにして、幕府との間をうまく取りもち、何事も表向きにならぬようにはからい、弟の伊織を当主の座につけることができたのは、

「ひとえに、渡辺丹波守《わたなべたんばのかみ》様のおかげじゃ」

と、父・三斎が洩らしたのを、清水源兵衛はおぼえている。

そして永井弥一郎は、いま、死亡していることになっているのだという。

三斎は、親友が失踪したときも、胸をいためたらしいが、間もなく御納戸頭《おなんどがしら》に昇進をし、多忙の身となったこともあり、

「わしも取りまぎれて、あまり気にもとめなかった。それに何といっても家を継ぐ前で、暖気《のんき》にしていたものだからな」

清水源兵衛は、録之助にそういった。

「なるほど。それで腑《ふ》に落ちた。録さん、ありがとうよ。よくやってくれた」

長谷川平蔵が、まじめ顔で頭を下げたものだから、

「こ、困りますよ、そんなことをされては……」

録之助は、むしろ狼狽《ろうばい》の態《てい》であった。

ところで……。

清水三斎は、旧友の永井弥一郎と、偶然《ぐうぜん》に道で出会ったといい、

「あれも苦労をしているらしい」

哀《かな》しげにつぶやいたのみで、その後は、いかに源兵衛が尋ねても、

「それだけのことよ」

と、こたえるのみであったそうな。

また、清水源兵衛にしても、永井弥一郎へは別に深い関心《かんしん》があるわけでもない。

父の旧友ではあっても、自分の旧友ではないからだ。

「ま、年寄《としより》になると、妙にこの、些細《ささい》なことにもこころが痛むものらしい。あつかいにくいことよ。わしもおぬしも年を老《と》るとああなってしまうのかな……」

清水源兵衛は、屈託《くったく》なげに笑った。

そこまでで、井関録之助は切りあげることにしたのである。

この上、源兵衛に尋ねても深い事情を探ることは不可能だと看《み》たからだし、あまりに詮索《せんさく》をし、かえってこちらに不審《ふしん》を抱かせても、今後のために、

（よくない……）

と、おもった。

帰るときに録之助は、こういった。

「源兵衛殿。おれは、しばらく江戸にいるつもりだが、また、近いうちに訪ねて来てよいかね？」

「いいとも、明日、また来ぬか？」

「まさか……」

「いっそ、この屋敷で暮してみたらどうだ？」

「ありがとう。だが、いまは小石川柳町の西光寺という寺にいるから……」

「お、そうか、では、かならず来てくれよ」

「うむ」

「いつ、来る？」

と、こうだ。

「年少のころの友だちは、十年二十年たっても、変らぬものですなあ」

と、井関録之助は、目を細め、

「平蔵さんのお指図《さしず》によって、いつでもまた、出かけますよ」

「そうしてもらおう。ともかくも、ありがたい。おかげで霧がはれかかってきたようじゃ」

「ほんとうですか？」

「たっぷりと酒をのんでくれ。そして当分、役宅に泊ってくれぬか？」

「ようござんすとも」

「佐嶋。明日からは忙《いそが》しくなるぞ。おぬしも今夜は組屋敷へもどり、ゆるりとやすんでくれ」

平蔵は佐嶋忠介にそういってから、寝所へ引き取った。

（渡辺丹波守様と、その永井弥一郎とは、どのような関係にあるのか？）

七千石と六百石では身分がちがいすぎる。

それなのに丹波守は永井家のために奔走《ほんそう》し、弥一郎の失踪事件を内密のうちに始末し、弟・伊織をもって家を継がせることに成功をした。

そこのところは、清水源兵衛にもよくわからぬらしい。何しろ、あまり関心がないのだから、むりもないことなのだ。

そして、永井弥一郎である。

権兵衛酒屋の老亭主の名前は〔弥市〕という。

弥一と市のちがいこそあれ、まぎれもなく、永井弥一郎の成れの果てと看《み》てよい。

（さて、どうするか……？）

であった。

ほんらいならば、此処までの顚末《てんまつ》を、若年寄の京極備前守《きようごくびぜんのかみ》へ報告をし、盗賊改方としては手を引くべきであろうが、

（さりとて、それもならぬ……）

というのは、永井弥一郎の成れの果ての〔弥市〕の女房お浜をめぐる疑惑《ぎわく》や、つぎつぎに殺人を犯した曲者どもが、平蔵自身へまで襲いかかったことをおもい合わせると、

（何としても、打ち捨ててはおけぬ）

のである。

(よし。明日は、お浜をじっくりと問いつめてみることにしよう)

今夜も、寝つけぬ。

平蔵は臥床《ふしど》を出て、寝所の雨戸《あまど》をすこし開け、奥庭の闇に見入った。

夜気が、めっきりと暖かくなってきている。

闇が、何とはなしに匂っている。

花の香りにはまだ早いけれども、庭の土が春の息吹《いぶき》に生気を取りもどしつつあるのだ。

その土の香がなまなましく匂い立つのである。

清水三斎が、居酒屋の亭主に成り果てた旧友を訪ねて来て、

「丹波守様が亡くなられたぞ。知っているか?」

と、ささやいたのも、すべて辻褄《つじつま》が合ってきた。

三斎が永井弥一郎の〔弥市〕に再会したのは、おそらく三斎がいうとおり、偶然に何処かで出会った。それも権兵衛酒屋の近くの道ではなかったろうか……。

いずれにせよ、弥一郎が逃げも隠れもできぬ場所であったにちがいない。

(これは、たしかに奥が深い)

七千石の大身旗本の名が出ているだけに、

(よほどに、こころをつけてあつかわねばならぬ)

このことであった。

平蔵は、まだ、寝所の濡《ぬ》れ縁《えん》に佇《たたず》んでいる。

塀外の彼方の濠端《ほりばた》で、犬の遠吠《とおぼ》えがきこえた。

ちょうど、そのころ……。

江戸市中の一角で異変が起りつつあった。

この知らせが盗賊改方の役宅へとどくまでには、まだ大分に間がある。

だが、いま一つの異変が役宅の中で起った。

「もし……もし……」

寝所の外から呼びかける妻の久栄《ひさえ》の声に、平蔵が中へ入って、

「何事じゃ？」

「何やら、大変な事が起りましたとか……」

闇討《やみう》ち

一

衣服もあらためぬまま、長谷川平蔵が居間へ出て行くと、控えの間に、当直の与力・佐々木徳五郎《とくごろう》が顔面蒼白《そうはく》となって両手をつき、

「まことにもって、申しわけのいたしようもございませぬ」

「どうした？」

「お浜が、あの、自害《じがい》をいたしまして……」

「何じゃと……島田慶太郎《しまだけいたろう》がついていたのではなかったのか？」

「そ、それが……」

「莫迦《ばか》ものめが……」

わけも尋《き》かずに、平蔵は廊下へ出た。

土蔵傍《どぞうわき》の一間《ひとま》に、お浜を見張っていた若い同心の島田慶太郎がうなだれている。まるで死人のような顔色だ。

そのまわりにいた数人の同心たちが、平蔵を見て、片隅へ寄り、両手をついた。

島田は、突伏《つっぷ》すようにして、

「申しわけ……申しわけもないことを……」

泣声で、それだけいうのがやっとのことである。

お浜は寝床の向う側へ伏し倒れてい、おびただしい血汐《ちしお》が流出していた。

「島田。これはいったい、どうしたことじゃ」

「は……」

たしかに、島田同心の落度《おちど》といえば落度であった。

島田は、ほんのわずかな間だが、居眠りをした。

眠り込んでしまったわけではない。

きちんと、お浜の枕元《まくらもと》に坐《すわ》ったまま、うとうとしていた。

まさか、それへ、重傷のお浜が飛びかかってこようとは、おもわなかったにちがいない。

島田の大刀は、同心の溜部屋《たまりべや》に置いてある。

ゆえに、島田は小刀《しょうとう》を差しているのみだ。

お浜は、その島田の小刀へ飛びかかったのである。

それまで、お浜は、凝《じっ》と薄眼《うすめ》で島田を窺《うかが》っていたのであろう。

いきなり飛びかかったお浜は、島田がたばさんでいた小刀を鞘《さや》ごと抜き取った。

はっと目ざめた島田慶太郎が、

「あっ……」

振り向いたときには、早くも、お浜は寝床の向う側へ身を投げ出すようにして離《はな》れ、離れつつ小刀の鞘を投げ捨てざま、おのれの心ノ臓へ突き立てたものだ。

突き立てて、おのが体重をのしかけるようにして伏し倒れた。

「な、何をする」

あわてて飛びついた島田が、お浜を抱き起したときは、もはや、どうにもならなかった。

お浜は、完全に息絶えていた。

それにしても、女ながら見事な自害ではある。

絶対に失敗することのない方法を知っていたこともそうだが、それをやってのけたというのが、単なる居酒屋の女房に、

「できる仕わざではない……」

のである。

これによっても、お浜の過去が、どのようなものであったか、充分に想像できよう。

「不覚者《ふかくもの》め」

低い声だが、きびしく、平蔵が島田慶太郎を叱《しか》った。

島田は、平伏したままだ。

その両肩が激しくふるえている。

「始末《しまつ》してよい」

別の同心にいって、長谷川平蔵は廊下へ出た。

そこに、佐々木与力と同心筆頭《ひっとう》の酒井《さかい》祐助《ゆうすけ》が、かしこまっていた。

二人へ、平蔵がささやいた。

「島田から目をはなすな。この上、役宅で自害が起ってはたまらぬ」

「はい」

「このことが他へ洩《も》れぬように……といっても、こうなっては隠しようもあるまいが……」

「まことにもって、私めが不行届《ふゆきとど》きにて……」

「これ、佐々木……」

と、白いものがまじった髷《まげ》をふるわせている佐々木与力へ、

「以後は油断《ゆだん》すな。よいか」

「はっ……」

そのまま、平蔵は寝所へ入ったが、むろん、眠るどころではない。

平蔵にしてみれば、島田同心や佐々木与力を、

（責《せ》めるどころではない……）

のである。

平蔵自身、お浜が、このように激しい行動に出ようとは、夢にもおもっていなかった。

佐々木も同様であったろう。若い島田同心は尚更、そうおもっていたにちがいない。

お浜の逃走を防《ふせ》ぐことと、重傷の老体を看護《かんご》すること。この二つが眼目《がんもく》であった。

もしも、お浜が島田の刀を奪《うば》ったりせずに、部屋から逃げようとしたなら、その気配を島田はすぐに感じて、目ざめたに相違ない。

（もっと、早いうちに、お浜を問いつめておくのだった……）

このことであった。

あの重傷の身で、しかも老婆が一人きりで、火付盗賊改方《あらためかた》の役宅から逃亡することなど、不可能にきまっている。

ために、平蔵は安心をしていた。

（二、三日のうちには、じっくりと、お浜を取り調べよう）

つい先刻、奥庭の闇を見つめていたときも、平蔵は、そう考えていたのだ。

お浜の口が堅いことを知った平蔵は、いますこし、たとえ一つでも二つでも、探索の新しい発見を得てから、お浜を尋問《じんもん》したほうが効果があるとおもった。

逃走の不可能は、だれよりも、お浜自身がわきまえていたはずだ。

なればこそ、自殺をした。自殺の方法だけを、お浜はおもいつめていたのだ。

お浜も、長谷川平蔵直《じ》き直きの徹底《てってい》的な尋問が近いうちにおこなわれるだろうことを予測していたろう。

(はなしたくなかった……あの婆さんは、何も、わしにははなしたくはなかった。おのれのいのちを絶っても、はなしたくなかった……)

自分の前の亭主の友次郎のことが発覚《はっかく》し、いまの亭主の弥市を訪ねて来た立派な老武士の身許《みもと》もわかったという。さらに、自分の過去の、ほんの一部分を知っていた吉祥寺門前の笠屋の勘造が何者かに殺害された。

これらのことを平蔵の口から聞いて、お浜は、いよいよ自害の決心をかためたと看《み》てよい。

(わしとしたことが……)

臥床《ふしど》の中で、平蔵は何度も舌打ちをくり返した。

そして、まんじりともせず、朝を迎えた。

二

異変の知らせが、火盗改方の役宅へ届いたのは、朝の四ツ半(午前十一時)ごろであった。

牛込の通寺町《とおりてらまち》にある薬種舗・中屋《なかや》幸助《こうすけ》方へ盗賊が押し込み、家族・奉公人を合わせて二十三名を殺害し、逃走したのだ。

いつもは、朝早くから店の戸が開いている中屋なのに、日が高く昇っても尚、だれ一人として起き出す様子がないので、近所の人びとが、表の潜《くぐ》り戸へ手をかけてみると、これが何と、するりと開いた。

「もし、もし、中屋さん」

よびかけて、土間へ入ると、生《なま》ぐさい血の臭いが屋内《おくない》にこもっていた。

急報を受けて、町奉行所が出張《でば》ったことはいうまでもない。

だが、あまりの惨状《さんじょう》に、

「これは、盗賊改方へも知らせたほうがよい」

ということになったらしい。

「生き残った者は？」

「一人もおらぬそうでございます」

と、すでに出勤していた佐嶋忠介がこたえた。

「ふうむ。一人も、な……」

「はい。私、すぐさま、出張りまする」

「たのむ」

「では……」

「あ、待て」

「何ぞ……？」

「島田慶太郎も連れて行け」

「心得ました」

佐嶋与力には、長官の意中がよくわかっている。

このさい、島田を新しい事件にはたらかせて、昨夜の失敗を忘れさせよう……というよりは、島田が、

(昨夜のつぐないに、必死になってはたらこう)

決意することにより、新《あら》たなちからを島田の心身によみがえらせることが、平蔵のねらいであった。

ところで……。

牛込の通寺町の中屋といえば、家伝《かでん》の〔順気剤《じゅんきざい》〕という高価薬の効能がすばらしいそうな。

町家のみか、大名や武家屋敷への出入りも多く、店構えはさして大きくないが、

「金蔵《かねぐら》の中で、小判が唸《うな》り声をあげている……」

などという評判を、平蔵も耳へはさんだことがある。

家族・奉公人のすべてを惨殺したというからは、どれほどの大金が盗み奪《と》られたか知るよしもないが、のちに諸方からの聞き込みによって推量《すいりょう》するに、

「一万両は下るまい」

という。

「引き込みは、いなかったのか？」

午後になり、報告のために役宅へもどって来た佐嶋忠介に尋《き》くと、

「いなかったとおもわれます」

「ふうむ……」

かねてから中屋に住み込んでいた引き込みがいるなら、こやつは、押し込んだ仲間《なかま》の盗賊どもと共に逃走したはずだ。

それなら、殺害された人びとをあらためて見て、中屋の親類なり、近所の人びとなりが、

「だれだれがおりませぬ」

と、申し出るはずだ。

しかし、だれもが、

「一人残らず、このように、むごい目にあって……」

暗然《あんぜん》となった。

「なれど、かならず、手引きをした者がいよう。出入りの者たちを一人残さず洗わねばならぬ」

「はい」

奉公人たちの大半は、鼻と口へ粘土《ねんど》のかたまりを押しつけられ、それぞれの寝部屋で、

心ノ臓のあたりを一突きに刺され、即死《そくし》していた。

主人夫婦と長男夫婦のみは、猿轡《さるぐつわ》をかまされた上で刺殺された。

これは、金蔵へ案内をさせた上で、殺害したものであろう。

長谷川平蔵を激怒させたのは、長男夫婦の一人子で八歳になる少女までも、盗賊どもが殺害したことである。

このような犯行は、久しく絶えていただけに、

「われらの責任《せめ》は重い……」

いいさして、平蔵は絶句《ぜっく》してしまった。

いずれにせよ、このような犯行《はんこう》をしてのけるからには、三人や五人の仕わざではない。

人びとが眠り込んでいるとき、音も気配もなく屋内へ侵入し、一つ一つ、寝部屋へ忍び込み、鼻と口へ粘土を押しつけては刺殺した。

その恐るべき犯行がすすめられていることを、奥の間に眠っていた主人夫婦も長男夫婦も、まったく気づかなかったのであろう。

よほどに屋内の様子をわきまえてい、しかも多人数が、間髪《かんはつ》を入れずにやってのけたにちがいないのだ。

それだけの人数の盗賊どもが、江戸市中へ入り込み、押し込みの計画を練っていたことが、盗賊改方の耳へもきこえず、目にも入らなかった。

その責任は重く大きいと、平蔵はいったのだ。

平蔵は、盗賊改方の総員を役宅へあつめるよう、佐嶋へいいわたした。

「大変なことになりましたなあ……」

と、まだ役宅にいた乞食坊主の井関録之助《いぜきろくのすけ》が、おそるおそる居間へあらわれ、

「私にも、手つだわせて下さい」

と、いい出した。

「録さん。お前には、たのんだ仕事があるはずだ」

「あ……そうでした」

「そっちのほうも、捨ててはおけぬ。専念してくれ、よいな」

「わかりました」

早くも、夕暮れがせまっていた。

役宅から、または出先《でさき》から、与力・同心に密偵たちが、つぎつぎに役宅の広間《ひろま》へあつまって来る。

平蔵は、久栄《ひさえ》の介添《かいぞ》えで紋服に袴《はかま》をつけた。

そのとき、役宅の表門へあらわれた浪人ふうの男が、

「私は高橋勇次郎《たかはしゆうじろう》と申す者だが、長谷川様に、お目にかかりたい。私の名前をつたえてくれれば、おわかりになるはずだ」

と、門番にいった。

三

それから、しばらくして……。

長谷川平蔵の居間へ通された高橋勇次郎は、酒の仕度がととのった膳の前で畏《かしこ》まっていた。

まさかに盗賊改方・長官の居間で、酒を馳走《ちそう》になるとは夢にもおもっていなかったろう。

与力・同心の総員に訓示《くんじ》をあたえた平蔵が衣服をあらため、居間へ入って来て、

「さ、遠慮《えんりょ》なくやってくれ。此処は無礼講《ぶれいこう》なのだ」

「と、とんでもないことで……」

「よし、酌《しゃく》をしてやろう。盃を取りなさい。さあ、さあ……」

「あ、これは……いや、どうもこれは、まったくもって恐れ入り……」

「気にくわぬ面《つら》をした男に道端で喧嘩を売り、いささか強奪《ごうだつ》などをしているお前さんらしくもないではないか」

「ですが長谷川様。いかに何でも……」

「さ、もう一つ」

「は、はい……」

「酒の味は、どうじゃ？」

「さっぱり、わかりませぬ」

「ふ、ふふ……ところで、何か目《め》ぼしいことでもあったのかえ？」

「さよう。今日、昼すぎに、大野弁蔵が三州屋へやってまいりました」

「ふうむ。それで？」

「先夜の件です」

「わしを殺せば、五十両という……」

「はい」

「それで？」

「昨日、貴方《あなた》様に念を入れられましたとおりにいたしました」

「引き受けたのだな」

「そのように申されたではありませぬか」

「そうじゃ。それでよい」

「これを……」

と、高橋浪人が懐中から十五両の小判《こばん》を出し、平蔵の前へ置いた。

「人殺しの請負《うけお》いは半金にきまっている。十五両では十両不足ではないか」

「その十両の分を、大野弁蔵が手つだうというのです」

「ほう……やつも考えたな」

「手つだわんでもいいといってやったのですが、仲介《ちゅうかい》をしたのだから手つだわせろと申しましてな」

「なるほど」

「ともかくも引き受けておきました。かまいませぬか？」

「ああ、よいとも。して、手筈《てはず》は？」

「それは、また、別の者がつけるというのです」

「ほほう……」

　つまり、別手の曲者《くせもの》が平蔵を見張り、これを尾行したり、探ったりして所在をつきとめ、大野弁蔵と高橋勇次郎へ知らせるというのだ。

　高橋は、大野に、

「その別の者というのは、どこのだれなのだ？」

と、尋《たず》ねたが、大野弁蔵は薄《うす》笑いを浮かべ、

「大本《おおもと》は、おれも知らん」

「では、おぬしに、このはなしをもって来た者は？」

「そんなことを尋《き》いてもはじまらん。おぬしは、長谷川平蔵を叩っ斬ってしまえばよいのだ」

　と、大野は口を割らなかったそうな。

「ところで、この役宅へ入るまで、だれにも後を尾《つ》けられなかったろうな？」

「それは大丈夫です。充分に気をつけました。ところで長谷川様。私は明日より三州屋

の二階から一歩も出ずに、知らせが来るのを待っていなければならないのです」

「そんなところだろうな」

「大野弁蔵が出て行くとき、よほど後を尾《つ》けてやろうかとおもったのですが、大野も相当の男です。もしも見破《みやぶ》られては取り返しがつかぬと考え、断念《だんねん》しました」

「それでよい」

「どうも、大野は居所《いどころ》が定《さだ》まっていないようなところもありましてな」

「よくやってくれた」

「これを……この十五両を、お納《おさ》め下さい」

「冗談ではない。そのお金は、お前さんの収入《みいり》ではないか」

「しかし、これをもらうと貴方様を斬らねばなりません。いや、その、とても斬れるものではありませぬが……」

「だから、それでよいのだ。十五両はお前さんの物だ。わしを殺せなければ、後の半金が手に入らぬだけのことさ」

「そ、そんなことをしても、かまいませぬので？」

「かまわぬとも。わしがゆるす」

「そうですかあ。それなら、いただいておきましょうかな。かまいませぬか、ほんとうに……？」

「さ、早く、仕舞《しま》っておしまい」

「では、遠慮なく頂戴《ちょうだい》いたします」

十五両をふところへおさめた高橋勇次郎が、さもうれしげに、

「これで、大分に、のめますなあ」

「よかったのう」

「はい」

と、無邪気《むじゃき》なものであったが、さすがに今度は顔色《がんしょく》を引きしめ、

「それで、私は明日から、どのようにしたらよいので……？」

「ま、ゆるりとのめ。明日は明日のことだ。ともかくも、お前さんは、大野弁蔵にいわれたとおりにすることだが……」

「貴方様は、どうなさいます？」

「これはな、高橋」

「は……？」

「わしのいのちを狙《ねら》っているやつは、これまでに、罪咎《つみとが》もない人びとを何人も手にかけているのだ。大本は手強《てごわ》いやつだ。おのれの悪業を悟《さと》られまいがためには、女子供とて容赦《ようしゃ》なく斬殺《ざんさつ》してはばからぬやつ……」

と、ここまでいいさしたとき、長谷川平蔵がはっとなった。

自分の口から出た言葉によって、これまでに、おもいもかけなかったことに気づいたのである。

「女子供とて、容赦なく殺してはばからぬやつ……」

それこそ昨夜、牛込・通寺町の薬種舗〔中屋幸助〕方へ押し入った盗賊の犯行《はんこう》そのものといってよいではないか……。

そして、平蔵自身が曲者どもにつけ狙われるようになった原因は、権兵衛酒屋の亭主・弥市《やいち》を襲った曲者どもを追いはらったことによる。

さらに、弥市の女房お浜の過去は、どうやら、

(盗《つと》めの世界に関《かか》わり合いをもっていたらしい……)

のである。

弥市は、もと旗本の永井弥一郎らしい。

こうした、いくつかの糸を一つに縒《よ》り合わせることには、まだ、ためらわざるを得ないが、

(時も時、折も折じゃ)

このことであった。

「長谷川様。もし、長谷川様……」

「う……」

「いかがなされました?」

凄《すさ》まじく光っている平蔵の両眼を見つめて、高橋勇次郎は息をのんだ。

「だれか、おるか」

平蔵が大声に呼ばわると、すぐに、久栄が次の間へあらわれた。

「佐嶋忠介を、これへ」

「はい」

「それに、井関の録《ろく》がいたなら、共によんでまいれ」

久栄が去ったのちに、

「私、ここにおりましても……?」

恐る恐る高橋勇次郎がいいかけるのへ、

「かまわぬ、いま、これから聞くことを、しっかりと、その胸へきざみ込んでおいてくれ。そうすればお前さんも命がけになって、おれを助ける気になってくれるだろうよ」

佐嶋忠介と井関録之助の足音が、外の廊下を近づいて来た。

四

翌日から、高橋勇次郎は三州屋の二階へ閉《と》じこもりきりになった。

だが、高橋が借りている小さな部屋に、もうひとり、同居人が増《ふ》えた。

相模《さがみ》の彦十《ひこじゅう》である。

長谷川平蔵は、同心筆頭の酒井祐助に命じ、三州屋からの連絡に、

「手落ちなき方法《てだて》を考えるように……」

と、命じ、その用意がととのうまでは役宅から一歩も出ぬようにした。

駒込の権兵衛酒屋には、依然として木村忠吾らが交替で詰めている。

その一方で、通寺町の中屋幸助方の探索がすすめられた。

これは、佐嶋与力が指揮を取り、同心や密偵を聞き込みにまわし、市中の警備も、町奉行所と連繫《れんけい》をたもちつつ、

「ぬかりなきように……」

おこなうことになった。

今度ばかりは町奉行所も協力を惜しまぬように見える。

事件が、あまりにも残酷《ざんこく》であり、悲惨《ひさん》な上に、当初、町奉行所の方から盗賊改方へ協力をもとめてきた所為《せい》もあったろう。

こうして、四日が経過した。

平蔵は、まだ役宅に閉じこもったままだ。

五日目の午後になって、佐嶋忠介が平蔵の居間へあらわれた。

平蔵は、寝そべって煙草をふかしていた。

「申しあげます」

と、次の間へ入ってきた佐嶋の顔《おもて》が、あきらかに興奮《こうふん》の色を見せている。

口へはこびかけた亡父遺愛の銀煙管《ぎんぎせる》を置いた平蔵が、

「どうした？」

「これは、いささか、奇妙《きみょう》なことでございますが……」

「ふむ……」

「あるいは、偶《たまさ》かのことかともおもわれますが……」

「ま、ここへまいれ」

「は……」

側《そば》へ寄って来た佐嶋忠介が、

「中屋幸助方の出入り先を調べさせておりましたところ、その中に、永井伊織様の名がございました」

「何じゃと……」

おもわず、平蔵の声が高くなって、

「まことか？」

「はい」

六百石の旗本・永井伊織といえば、権兵衛酒屋の亭主・弥市の……いや、永井弥一郎の実弟ではないか。

兄の弥一郎が、およそ二十年ほど前に、理由不明の失踪《しっそう》をとげたのち、七千石の大身・渡辺丹波守の奔走《ほんそう》によって、伊織は永井家の当主となることを得た。

その後の永井伊織は諸役を歴任したのち、いまは、無役《むやく》となり、四十五歳の身を悠々と自適《じてき》している。

為之助《ためのすけ》といって十九歳になる長男のほかに、一男一女がいる。

「佐嶋。これは、におうな。どうじゃ？」

「さように、決《き》めてしまいましても、いかがかとおもわれますが……あまりにも、これは……」

「なれど、捨ててはおけまい」

「探りを入れても、よろしゅうございましょうか？」

佐嶋が念を入れたのは、相手が幕臣であるからだ。

六百石の旗本に関することは、幕府の評定所《ひょうじょうしょ》のあつかいになる。

「わしが責任《せめ》を負《お》うゆえ、かまわぬ。深入りをせずに、一応のことを先ず洗ってみるがよい。ただし、探りには人をえらべ。よいな」

「かしこまりました」

佐嶋忠介が出て行ったあとで、平蔵は、また寝そべって煙管を手に取った。

今日は風が強い。

奥庭に面した障子へ、時折、風が音をたてる。

南風であった。

まだ、桜花《はな》がひらくには間があるというのに、うごかずにいても汗ばむほど、今日は暖い。

権兵衛酒屋――亭主の弥市――永井弥一郎。

それにからまる暗殺と暗殺未遂《みすい》事件。

永井弥一郎と、その旧友・清水三斎。
永井弥一郎（弥市）と、女房お浜。そして、お浜の自害。
平蔵の命をねらう浪人どもと、その背後に蠢《うごめ》くもの。
中屋幸助方を襲った盗賊団。
中屋が出入りをしていた永井伊織と、その兄の弥一郎。
おもえば先夜、高橋勇次郎と語り合っていて、権兵衛酒屋一件に関《かか》わる曲者どもと、
中屋方における皆殺しの犯行とが、長谷川平蔵の脳裡《のうり》に一つとなった勘《かん》のはたらきは、
ここにいたって、
（狂いなきもの……）
と、なったようなおもいがする。
佐嶋忠介の調べによると……。
中屋幸助方では、大金を奪《うば》われたのみか、帳簿や書きつけなども、かなり失《うしな》われてい
た形跡《けいせき》が濃厚であるという。
これも、奇怪《きっかい》なことではないか。
盗賊が何で、帳簿や書類まで荒す必要があるのか……。
中屋が、永井伊織邸へ出入りをしていたことをつきとめたのは、中屋に残されていた
帳簿や書きつけによってではない。
中屋の筋向いに、高砂屋《たかさごや》という菓子舗があり、ここの主人の忠三郎《ちゅうざぶろう》と中屋の主人の

幸助とは、将棋《しょうぎ》友だちで、双方が双方の家へ、かわるがわる訪れては将棋をさしていることを近所の人びともよく知っている。

そこで、佐嶋が高砂屋へも聞き込みにおもむいたのだ。

高砂屋忠三郎は、仲のよい将棋友だち一家が皆殺しにあっている最中《さなか》に、

「ぐっすりと寝込んでいて、何も知らなかったとは……」

非常な悲しみであったとか……。

そのとき高砂屋が、佐嶋忠介へ語った。

「はい、はい。中屋さんの順気剤というお薬は、ほんとうに、よく効きました。さようでございます、亡くなる十日ほど前にも、私と将棋をさしておりましたときに……」

そのとき、中屋幸助は高砂屋忠三郎に、こういったそうである。

「高砂屋さん。神田の今川小路に、永井伊織様という御旗本がおいでになってね。そこのお嬢《じょう》さま……といっても、十三歳になる可愛らしい方が、お生まれになったときからひ弱くておいでで、殿様も奥様も心配が絶えなかった。ま、はじめて私がお見うけしたときも、こんなに細くてね。うちへ帰って番頭に、まるで爪楊枝《つまようじ》のようなお躰だとはなしたくらいでしたがね。ともかくもお引き受けして、うちの順気剤を少しずつ、さしあげた。これが二年前ですよ。

ま、うちの順気剤は高価なのだけれども、永井様は、この二年の間、辛抱《しんぼう》強く薬をつづけられて、とうとう、お嬢さまの躰を丈夫にしてしまいましたよ。そりゃもう、惜し

みもなくお金《たから》をお使いになってね。いまどきの、六百石の御旗本にしては、よほどに心がけがよいほうなんでしょうね。ま、私もうれしい。自慢ではないが、これほど順気剤が効こうとはおもわなかった。お引き受けはしたけれども、何しろ、どこの医者からも見はなされたお嬢さんを、すっかり丈夫にしてさしあげたのだから……」

これで、中屋が永井伊織方へ二年にわたって出入りしていたことがわかったのである。

久栄が、しずかに居間へ入って来て、平蔵に入浴の仕度がととのったことを知らせた。

「さようか……」

むっくりと起きあがった平蔵が、

「どうじゃ。いっしょに入らぬか？」

笑いかけたものだから、久栄が真赤になり、

「よいかげんになさいませ」

子供を叱りつけるようにいって、小走りに出て行った。

入浴をすませた長谷川平蔵を待っていたのは、酒井祐助の報告であった。

酒井同心は、すべての準備がととのったことを平蔵に告げたのである。

「ふむ、ふむ……」

酒井が語るのに耳をかたむけていた平蔵が、聞き終えて、

「それでよかろう。よし、わしもそろそろ、腰をあげようか」

と、いった。

五

翌日から、また、長谷川平蔵の微行《びこう》見廻りがはじまった。

浅草へ本所へ、上野へ、深川へと、例の着ながし姿に編笠をかぶった平蔵は、単身での見廻りを三日、四日とつづけた。

日いちにちと、春めいてきて、道を歩む人びとの足取りが軽くなり、人出《ひとで》も日毎に多くなってくるかのようだ。

平蔵は、いつも表門から出て、ゆっくりと役宅をはなれた。

日暮れになってからはともかく、朝の日が高く昇りはじめれば、清水門外周辺の道すじにも、さまざまな人びとが往来する。

曲者どもは、どのようにして、平蔵を暗殺しようとしているのか……。

三日、四日と経つうちにも、高橋勇次郎と相模の彦十は、依然、三州屋の二階へ引きこもったままだ。

曲者どもからの知らせは来ない。

かの浪人・大野弁蔵も、姿を見せなくなった。

(気取《けど》られたか……いや、気取られるはずはない)

曲者どもは、平蔵を見張っているはずだ。

たとえば平蔵が、深川から本所へまわり、軍鶏鍋《しゃもなべ》や〔五鉄《ごてつ》〕で酒をのみ、夜道をゆ

っくりと両国橋をわたり、役宅へ帰ってくるときなど、

（わしに襲いかかる場所は、いくらでもあるはず……）

ではないか。

日に一度、高橋勇次郎からの報告が役宅へ届けられる。

高橋が手短かに書いた手紙が届くのだ。

これは、相模の彦十が三州屋の裏口から出て、近くの正慶寺《しょうけいじ》という小さな寺へ行くと、そこに托鉢坊主《たくはつぼうず》の井関録之助と、密偵の由松《よしまつ》が待機《たいき》しており、由松が高橋の手紙を彦十から受け取り、役宅へ走ることになっている。

大滝の五郎蔵の危急を助けたとき、井関録之助は小石川の西光寺《さいこうじ》に寄宿《きしゅく》していた。

この西光寺の和尚が正慶寺の和尚と懇意《こんい》の間柄だったので、すぐさま録之助を引き合わせてくれたのである。

三州屋と正慶寺は、目と鼻の先の近間《ちかま》であって、連絡《つなぎ》の場所としては、

「もってこい……」

だと、相模の彦十はいった。

ただし、正慶寺には火盗改方の探索《たんさく》だと打ち明けてあるけれども、三州屋には洩《も》らしていない。

高橋勇次郎は、三州屋の老亭主に、

「この老爺《おやじ》どのは、むかし、私が世話になった人《じん》でな。しばらくの間、私の部屋へ同居

をさせたい。食扶持《くいぶち》は必ずはらうから、たのむ」

と、相模の彦十を引き合わせたら、亭主の与兵衛《よへえ》が、

「ええ、ようがすとも、もし、よけりゃあ、うちで軽くはたらいてみたらどうだね。小《こ》遣《づか》いにはなるぜ」

そういってくれたので、彦十は、これさいわいとばかり、下へ行って板場の掃除《そうじ》だの、酒の燗《かん》をつけたりしている。

長谷川平蔵も、これには賛成《さんせい》である。

そのほうが、怪《あや》しまれずにすむし、彦十がうごくのに何かと便利であることはいうまでもない。

「これで、日がな一日、お前さんと顔をつき合わせていなくともすみましたよう」

彦十が高橋にいうと、

「私の身にもなってみろ。何日も閉じこめられて、躰中《からだじゅう》に蛆《うじ》がわきそうだ」

「へ、へへ……蛆がわいたら、そいつをつまんで、酒の肴《さかな》にしなせえよう」

「ふざけたことをいうな」

高橋勇次郎も、腐《くさ》りきっているらしい。

長谷川平蔵が見廻りを再開してから五日目の夜ふけに……。

役宅へ帰って来た平蔵を、佐嶋忠介が待ちうけていて、

「またしても……」

「奇妙な事でもあるのか？」

「はい」

「ほう……」

「これは、ますますもって、不審《ふしん》なことでございます」

「ふむ、ふむ……」

「中屋の順気剤は、なかなかの妙薬らしく、諸方へ出入りもあるようでございますが、その中に、何と渡辺丹波守様も……」

「何、丹波守様御屋敷へ、中屋が出入りをしていたと申すのか？」

「さようでございます」

永井伊織の庇護者である渡辺丹波守も、中屋の順気剤を用いていた。これはまったくの偶然《ぐうぜん》なのか……。

「そのことを何処から聞き込んだのじゃ？」

「中屋へ出入りをしておりました座頭《ざとう》の文《ふみ》の市《いち》から聞き込みましたので」

文の市は、中屋の近くの肴町《さかなまち》の裏長屋に住んでい、五年ほど前から、中屋の主人・幸助のもみ療治《りょうじ》をやっていた。

「文の市の按摩《あんま》は、大したものだ」

中屋幸助は、この老座頭が気に入って、三日に一度はよび寄せ、躰をもませていたという。

文の市が、同心・山田市太郎へ語ったところによると、

「半月ほど前でございましたかな……中屋さんの旦那の腰をもんでおりますと、どうもその、旦那の御きげんがよくありません。そこで、どこか、おかげんでも悪いところがあれば、おっしゃって下さいましと、こう申しますと……」

中屋幸助は苦笑をして、

「文の市さん。お前さん、目が見えなくとも、私の不きげんがよくわかるね」

「そりゃあ旦那。わかりますでございますよ」

「実はね、赤坂の溜池《ためいけ》に御屋敷がある七千石の御大身で、渡辺丹波守様という御方が、ずっと重い病気にかかっておいでになってね……」

「はい、はい」

「私どもへ、お声がかかって、うちの順気剤をさしあげるようになったのは一年ほど前なのだが、ちょいと手遅《ておく》れだった……」

「ははあ……」

「立派な御医者様が見はなしてしまった後だったものだから、どうにも、仕様がなかったのだが……せめて、二年前に、お声をかけていただいたら、順気剤の効目《ききめ》がきっとあったろうと、それがどうも残念で、気が塞《ふさ》いでいるところなのだよ」

中屋幸助は、文の市へ、そう語ったという。

「佐嶋。これは、渡辺丹波守様へも探《さぐ》りを入れねばなるまい」

「かまいませぬか？」

「かまわぬ」

若年寄《わかどしより》の京極備前守高久《きょうごくびぜんのかみたかひさ》も、

「表沙汰《おもてざた》にせず、おもうままに探《さぐ》ってもらいたい」

と、平蔵にゆるしをあたえている。

渡辺丹波守の先祖は、徳川初代将軍・家康の祖父の代から忠勤をはげみ、代々戦功も多く、三代将軍・家光のころには甲斐《かい》・武蔵《むさし》の両国において七千石の采地《さいち》をたまわった。幕臣の中でも譜代《ふだい》中の譜代。名門中の名門といってよいであろう。先ごろ病歿した丹波守直義《なおよし》は、御書院御番頭《ごしょいんごばんがしら》、御側衆《おそばしゅう》など、将軍側近《そっきん》の諸役を歴任《れきにん》している。

七千石の旗本といえば、小さな大名のようなもので、登城の折には四人駕籠へ乗り、家来・若党・中間などをふくめて三十名もの供揃《ともぞろ》えとなる。

丹波守直義は将軍家の信頼も深かったので、三年におよぶ闘病《とうびょう》中には、二度三度と将軍から見舞いの使者があったそうな。

一男三女をもうけ、女《むすめ》たちは、それぞれに大身の家へ嫁《とつ》ぎ、三十六歳の長男右京亮《うきょうのすけ》直照《なおてる》が、このたび亡父の跡をつぎ、渡辺丹波守直照となったわけだ。

「佐嶋。これは密偵にはたらいてもらい、渡辺丹波守様の奉公人のうちでも、下のほうから探りを入れてみるがよい」

「はっ」

「さよう。密偵は……大滝の五郎蔵を柱《はしら》にしたがよい」

「五郎蔵とおまさは、駒込の権兵衛酒屋のほうに……」

「おまさは、そのままでよい。五郎蔵を他《ほか》の密偵と入れ替えるがよい」

「では、早速に……五郎蔵は今夜から、駒込へ詰める番に当っております」

「あ、待て」

平蔵は、立ちかける佐嶋をとどめて、ややしばらく沈思《ちんし》していたようだが、

「よし」

「は……？」

「明日、わしが権兵衛酒屋へまいり、五郎蔵へ申しつたえよう」

「いえ、それはあまりに……」

「かまわぬ。そのほうがよい。わしから、いろいろと念を入れておこう」

「では、替りの者を選《えら》びまして……」

「うむ。その者を……そうじゃな、昼すぎに権兵衛酒屋へまいるよう、手配《てはい》をいたしておくがよい」

「心得ました」

「もう遅《おそ》い。夜が明けてからにいたせ」

「はい」

「このところ、組屋敷へは帰らぬのか？」

「は……いえ……」

「役宅へ詰め切りでは、疲れもとれまい」

「別条《べつじょう》はございませぬ」

「今夜は、酒をのみ、ゆっくりとやすむがよい」

「かたじけなく……」

「佐嶋。明日からは忙しくなりそうだぞ」

六

翌朝……といっても、かなり遅くなってから、長谷川平蔵は役宅を出た。

今日も、ひとりきりであった。

駒込の権兵衛酒屋を訪れるのは、久しぶりのことだ。

「あっ……これは、これは……」

と、奥の板場の一隅《もう》に設けられた三畳敷きに寝そべっていた木村忠吾が、あわてて起きあがるのへ、

「忠吾。もう昼寝《ひるね》か」

「いえ、とんでもございません」

「五郎蔵は、どうした?」

「また、聞き込みにまわっております」

権兵衛酒屋の老亭主についての聞き込みは、ほとんどない。

それだけに五郎蔵夫婦は、

(どんな手がかりでもいいから……)

と、執拗《しつよう》に聞き込みをつづけている。

「ま……気がつきませんで……」

裏手を掃《は》いていたらしいおまさが入って来て、茶の仕度にかかった。

「どうじゃ、おまさ。変ったことはないか?」

「はい……」

いったんは、うなずいたおまさが、

「でも……」

「でも?」

「何となく……」

「どうした?」

「この家《うち》が、いまでも、何処からか見張られているような気がしてなりませぬ」

「そりゃあ、おまさ。お前の、おもいすごしだよ」

と、横合いから口をさしはさんだ忠吾が、

「きさまは、唖《おし》になっておれ!!」

平蔵から叱《しか》り飛ばされ、くびを竦《すく》めた。

「そうか。そんな気がするか……」

「はい」

もとより、これは、おまさの勘《かん》のはたらきであって、見張る相手を見たわけではない。

この権兵衛酒屋は、まことに、見張りやすい場所にある。

何も、いちいち、この家の近くへ来て見張っていなくともよい。

人通りも多く、店屋もたちならぶ富士前町の往還の何処かにいて、権兵衛酒屋の方へ切れ込んでいる小道を見張っていればよいし、この小道の東の方の木立の中からでも容《よう》易《い》に見張ることができる。

さらに近づいて、小道をへだてた向う側の富士浅間《せんげん》の社《やしろ》の森の中からも、人目につかず見張ることができる。

おまさの勘ばたらきが当っているとしたら、曲者どもは、まだ、権兵衛酒屋へあらわれる何者かを待っているのではないか……。

先ず第一に考えられるのは、逃げた亭主の弥市である。

さらには、弥市をたずねて来た清水三斎である。

そして、

(この、わしも、その中に入っているのではないか……)

このことであった。

このところ数日、市中見廻りをつづけている長谷川平蔵を、まだ曲者どもは、とらえきれなかったのではあるまいか。

彼らが機を得たときの行動は敏速《びんそく》をきわめている。

しかし、

「これならば大丈夫」

と、看《み》て取るまでは、まことに要心《ようじん》ぶかい。

そのことに、平蔵がおもいおよんだのは昨夜、佐嶋と語り合っていて、権兵衛酒屋のことにふれたときだ。

この前、平蔵が襲われたのも、権兵衛酒屋から出た後である。

(曲者どもは、駒込の、あのあたりに根城《ねじろ》を持っているのではないか……?)

笠屋の勘造殺しのときも、

「間《かん》、髪《はつ》を入れぬ……」

早わざであった。

(そうだ。明日は権兵衛酒屋へ行ってみよう)

そこで、平蔵自ら、大滝の五郎蔵へ指令に出向いたのだ。

昼すぎになって、五郎蔵の替りの密偵・宗六《そうろく》があらわれた。

それから一刻《いっとき》(二時間)ほどして、五郎蔵が帰って来た。

平蔵は、半刻ほど、五郎蔵と語り合ってから、

「よし。では役宅へ行き、佐嶋と打ち合わせるがよい」

「かしこまりました」

大滝の五郎蔵は出て行ったが、平蔵はうごかず、

「おまさ、酒はあるかえ？」

「ございます」

「すこし、つけてくれぬか」

「はい」

木村忠吾は、先刻、久しぶりに大雷《おおかみなり》を落されたものだから五体を強張《こわば》らせ、緊張しきっていた。

おまさの酌で、盃を口へもってゆきながら、長谷川平蔵がじろりと忠吾を見やり、

「莫迦《ばか》」

低く、いったものだ。

忠吾め、世にもなさけない顔つきになった。

「おまさ。一つ、のむがよい。酌をしてやろう」

「まあ……うれしゅうございます」

おまさも、むかしにもどって口調が変った。

「今度は、私が……」

忠吾は横目《よこめ》で、二人の、さしつされつを無念《むねん》そうに見ている。

「うむ」

ところで……。

これより、およそ半刻ほど前に、茅町《かやちょう》二丁目の飯屋《めしや》・三州屋へ、浪人の大野弁蔵があらわれた。

いつものように大野は、入れ込みへ坐《すわ》って酒を注文し、小女《こおんな》に、

「二階に、高橋勇次郎殿がいるな？」

「あい」

「よんでくれ」

二階へ知らせに来た小女に、

「よし。すぐ行く」

こたえた高橋勇次郎が、

「その前に、下にいる彦十爺《じい》さんをよんでくれ」

「あい、あい」

小女と入れちがいに、相模の彦十があがって来た。

「下へ、いま、浪人が入って来たろう」

「来やしたよ。あれがい……？」

「うむ。すぐに、正慶寺の井関さんへ知らせろ。おれが此処を出るときまでに、もどっ

て来ないと取り返しがつかぬぞ、よいか」

「合点《がってん》だ。こっちは、お前《めえ》さんとちがって年期《ねんき》が入《へえ》っているからよう」

「早く行け」

「よしきた」

彦十が、そっと裏手から出て行くのを見すましてから、高橋は大小の刀を腰へ帯し、二階から店へ下《お》りて行った。

夕暮れには、まだ間がある。

入れ込みにいて酒をのんでいた大野弁蔵の前へ来て、高橋勇次郎が、

「いつまで、こんなことをさせるつもりだ」

「だから今日だ」

「そうか……」

「おぬしとおれと、二人で殺《や》る。いいな」

「まかせておけ」

「おぬしなら、鬼の平蔵を、きっと殺れる」

まだ、客がたてこんでいないが、大野浪人の声は、きわめて低い。

「ま、一つ、のめ」

「ゆっくりしていてよいのか？」

「大丈夫だ。平蔵には、ちゃんと見張りがついている」

大野弁蔵の両眼は血走《ちばし》っていた。

七

長谷川平蔵が権兵衛酒屋を出たのは、夕闇が濃くなってからである。

出がけに、おまさが提灯《ちょうちん》へ火を入れて平蔵へ持たせながら、

「あの……」

何か、いいたげな様子であった。

「何だ?」

「いえ……何でもございません」

平蔵は微《かす》かに笑った。

おまさが心配しているのは、この前、平蔵が権兵衛酒屋を出たのちに襲撃されたことを、おもいうかべたからにちがいない。

そういえば、木村忠吾も何かいいたそうだったが、先刻、平蔵に叱りつけられたので口をききかねている様子であった。

平蔵が出て行った後《あと》で、忠吾は眉《まゆ》をひそめ、

「おひとりで、大丈夫か、な……」

うめくがごとく、つぶやいた。

「ええ……」

うなずいたおまさが、

「けれど、長谷川様のことですから、それは充分に、心得ておいでになるにちがいありませんよ、旦那」

「む……」

「私たちが、大丈夫でございますかと、尋《たず》ねたところで……」

「どうにもなるものではない……」

「はい」

「ふうむ……」

だが、二人の不安は消えたわけではない。

目と目を見合わせた忠吾とおまさは、その目を逸《そ》らし、押し黙った。

長谷川平蔵は、富士前町の大通りへ出ると、ゆったりとした足取りで南へ向った。

浅めの編笠を左に搔《か》い込み、右手には提灯を下げている。

夕闇の中に、人びとが、あわただしく行き交《か》っていた。

風も絶えた、暖かい早春の夕暮れである。

吉祥寺の門前を通りすぎた平蔵は、駒込片町の間を左へ折れている小道へ曲って行く。

両側は百姓地だが、このあたりは植木屋が多く、木立も深い。

冬の間は、凍《こお》りついたように冷たく硬《かた》かった道の土の匂いが、月の無い夜の闇の中にたちのぼっている。

春が来たのだ。

このあたりに入ると、日が暮れれば通る人とてない。

曲りくねった道が突き当って、これも細い道が左右に別れている。

平蔵は、右へ折れた。

間もなく、寺院の塀が道を両脇《りょうわき》からはさんだ。

このあたりは大小の寺が密集しており、提灯を持った寺僧の姿も道に見えた。

平蔵の歩みは、依然として遅かった。

寺院に囲《かこ》まれた道を突きぬけたところに、これは道幅もいくらかひろい道が左右に別れている。

右へ行けば、本郷から駒込へ通ずる往還へ出るし、左へ行けば、団子《だんご》坂を下って、谷《や》中《なか》から上野の山内へ通ずる。

平蔵は道を左へとり、団子坂へさしかかった。

(来たな……)

このときはじめて、平蔵は、目に見えぬ人の気配が自分にせまりつつあるのを感じた。

何処からというのではない。

平蔵の、鍛《きた》えぬかれ、研《と》ぎ澄《す》まされた感能《かんのう》が、それを知らせたのだ。

団子坂の中程まで下って来た平蔵は、小道を右へ曲った。

前方の右手に世尊院《せそんいん》という寺の長い土塀がつづいている。

左側は、木立と草原であった。

そこへ、さしかかったとき、平蔵の背後から突如、足音が起った。

徒《ただ》の足音ではない。

すぐ間近《まぢか》まで、音もなく忍び寄って来て、急に走りかかって来たのである。

この曲者は一人であった。

大男の浪人である。

裾《すそ》を端折《はしょ》り、足袋跣《たびはだし》という姿《いでたち》で、早くも大刀を引きぬいていた。

こやつは、物をいわずに平蔵の背中へ刃《やいば》を打ち込んだ。

あくまでも、ゆるやかに歩んでいた長谷川平蔵の右足が大きく退《さが》り、体《たい》が斜《なな》めになった、その肩先すれすれに浪人の刃が掠《かす》めた。

「む!!」

浪人は、あわてた。

同じ体を躱《かわ》されるにしても、前へ飛ぶとか、大きく体をひらくとかされたのなら、それだけの間合いを生じるわけゆえ、斬りつけたほうも体勢を立て直すことができる。

ところが、平蔵は逆に一歩退って、これを躱したものだから、曲者の肩が平蔵の胸もとにふれるばかりとなった。

あまりの近間で躱《かわ》された曲者が横へ飛んで体勢をととのえようとした転瞬《てんしゅん》、すかさず平蔵が、提灯と笠を投げ捨てざま、体当りをくわせた。

「あっ……」

よろめいて、それでも立ち直った曲者の右腕へ、平蔵の腰から光芒《こうぼう》が疾《はし》った。

亡父ゆずりの粟田口国綱《あわたぐちくにつな》二尺二寸九分の大刀を抜き打ったのである。

「うわ……」

大刀の柄《つか》をつかみしめたまま、曲者の右腕は肘《ひじ》の下から切り飛ばされている。

曲者は苦痛の叫びをあげ、転《ころ》げまわるように世尊院の土塀の裾を、必死に逃げようとしている。

それを凝《じっ》と見まもったまま、長谷川平蔵、身じろぎもしなかった。

投げ捨てられた提灯が、めらめらと燃えあがった。

そのとき……。

団子坂の方から、いつの間にか接近して来た二つの影が、提灯の火影《ほかげ》に浮きあがった。

一は、浪人・大野弁蔵。

一は、同じく高橋勇次郎である。

高橋は、向き直った平蔵の正面へすすみ、大刀をぬきはなった。

「わしを、盗賊改方・長谷川平蔵と知ってのことか!!」

平蔵が叱咤《しった》した。

高橋は、こたえない。

例の、右肩へ刀を担《かつ》ぐような構え方で、じりじりと迫《せま》る。

大野は、これも抜刀し、高橋の、やや右側へまわって腰を沈《しず》め、隙《すき》あらば平蔵へ飛びかかろうとしているらしい。

「たあっ!!」

高橋は一歩踏み込みざま、肩の大刀を大きく頭上にまわし、その勢いを駆《か》って、猛然と平蔵へ打ち込んだ。

ぱっと、平蔵が草原へ飛び込むのへ、

「や、やあっ!!」

気合声と共に追い打ちをかけた高橋の刃をはらいのけざま、平蔵の国綱がすくいあげるように高橋の胴をはらった。

「ぬ!!」

「飛び退《さが》った高橋が、そのまま刀を構え直すかとおもいのほか、せまる平蔵へ向って、すぐさま反撃に出た。

漆《うるし》を塗りこめたような草原の闇の中に、両者の刃が青く閃《ひらめ》いた。

大野も草原へ踏み込んだが、両者の激しい斬り合いに、つけこむこともできぬ。

「鋭《えい》!!」

高橋勇次郎の裂帛《れっぱく》の気合声が起り、

「むうん……」

あきらかに、長谷川平蔵の唸《うな》り声が聞こえた。

闇を透《す》かして見ていた大野弁蔵の眼は、よろめきつつ、逃れようとして、そのまま倒れ伏した平蔵をたしかにみとめた。

「た、高橋……」

「応《おう》……」

こたえて、高橋勇次郎が大野の傍《そば》へ来た。

高橋の呼吸は荒い。

「やったか、おい……」

「やった」

そのとき、別の浪人者が二人、抜刀してあらわれ、

「どうした？」

「大野、そこにいるのか？」

声をかけてよこしたものである。

「おう、ここだ」

「山口は、どうした？」

「平蔵めに斬られたらしい」

「で、平蔵は？」

「殺《や》った」

「えっ……ほんとうか？」

「この……高橋勇次郎が殺った。やはり、おれの目に狂いはなかった」

「どこだ？」

「ほれ、向うに倒れている」

「と、ど、め、を入れたか？」

「何の……」

と、高橋が笑って、

「頸《くび》すじから喉笛《のどぶえ》をはね切ってやったのだ。とどめなぞいるものか」

「す、凄い」

大野弁蔵が感嘆の声を発した。

「ふうむ、そうか……」

「よし、あらためて見ようか」

二人の浪人が、倒れている長谷川平蔵へ歩みかけようとした。

そのとき、道の何処かで、

「人殺し!!」

闇が張り裂《さ》けんばかりの大声が起った。

別の大声が、

「大変だ、大変だあ」

と、わめいた。

丹波守下屋敷《たんばのかみしもやしき》

一

「人殺し、人殺し、人殺し!!」

道の何処かで、たてつづけに叫ぶ声に、

「いかん」

「逃げろ」

倒れている長谷川平蔵へ近づきかけた二人の浪人が、高橋勇次郎と大野弁蔵へ、

「早く、早く」

声を投げるや、団子坂《だんご》の方へ走り出した。

高橋と大野も、これにつづく。

はたと、叫び声が絶えた。

平蔵は、倒れたままであった。

と……。

草原《くさはら》の中へ踏み込んで来た男がひとり。

ほかならぬ托鉢坊主の井関録之助《いぜきろくのすけ》である。

「平蔵さん。もし、平蔵さん……」

「ここだ、ここだ」

むっくりと、倒れていた平蔵が起きあがり、国綱の銘刀にぬぐいをかけて鞘《さや》へおさめ、

「録さん。うまく行ったようだな」

「はあ。しかし、骨が折れましたよ。駒込の権兵衛酒屋から此処まで、あんたが歩む道すじは聞いていても、何しろ、あの怪《け》しからぬ曲者《くせもの》どもも、あんたの後を尾《つ》けたり、前へまわったりしているのですからな。私ひとりでは、とてもとても、こんなまねはできません」

この日は、録之助と密偵の相模《さがみ》の彦十《ひこじゅう》、由松《よしまつ》のほかに、同心・松永弥四郎《まつながやしろう》が三人の密偵をひきいて、平蔵が通る道すじの要所要所に待機《たいき》していたのだ。

松永同心は、変装も巧妙だし、尾行《びこう》の名手である。

いまは、妻のお節に子も生まれたし、弥四郎の奇妙な悪癖《あくへき》も〔夜針の音松〕事件以来、ぴたりと熄《や》んでいる。

「なんでも、あの浪人たちのほかに、三人ほどが、平蔵さんを尾《つ》けていたらしい」

「うむ……」

闇の中に、双方が、かなりの人数を繰《く》り出し、駒込から此処まで、平蔵ひとりをめぐって、あわただしくうごきまわった。

こちらは、かねて打ち合わせておいた道すじを、平蔵が歩むわけゆえ、

「連絡《つなぎ》も取りやすかった……」

ことになる。

そして、いよいよ、曲者どもの手引きによって、先ず浪人が一人、平蔵へ斬ってかかり、こやつが右腕を切り飛ばされた後に高橋勇次郎と大野弁蔵、さらに二名の浪人が待機していたわけだ。

腕を切られて逃げた浪人は、

「彦十爺《じい》さんが尾《つ》けて行きましたよ」

と、録之助。

「ふっふふ……彦十には恰好《かっこう》の相手だのう」

「人殺し」と喚《わめ》いたのは、井関録之助と松永弥四郎であった。

そして、逃げた四人の浪人を松永同心と二人の密偵が尾けている。

由松と、もう一人の密偵は、浪人たちを手引きした三人の曲者を尾けるつもりで、それぞれ別箇に行動しているらしいが、松永弥四郎は録之助に、

「ちょいと、むりかも知れません」

と、洩《も》らしたそうな。

何も彼も、すべてが、うまく運《はこ》ぶものではない。

今夜の、平蔵のねらいは、刺客の浪人たちの、

「塒《ねぐら》だけでも、突きとめたい」

そのことにつきる。

それならば、高橋勇次郎にまかせておいてもよいのだが、何しろ相手は要心《ようじん》ぶかい。

大野弁蔵でさえ、高橋には自分の居所《いどころ》を知らせぬほどゆえ、いざとなれば、高橋と行動を共にせぬことが考えられた。

そこで平蔵は、念を入れて松永同心に尾行を命じたのだ。

それに、いま一つ。

相手は、今夜の襲撃によって、

「長谷川平蔵は死んだ……」

と、おもい込んでいるにちがいない。

高橋勇次郎によって、平蔵斬殺が、ついに、成功したとなれば、自《おのず》から、これまでとちがった行動を起すであろう。

油断《ゆだん》も生《しょう》じるであろう。

そこが、平蔵のつけ目であった。

これまでは、得体の知れぬ相手に振りまわされつづけていた盗賊改方《あらためかた》が、たとえ一カ所でも二カ所でも、ほころびかけた相手の隙間《すきま》へ、つけ入ろうとしている。

「それで、平蔵さん……」

暗い道を歩みつつ、井関録之助が、

「あんた、亡くなられたことになるので?」

「そうとも」

「では、葬式を出すのですか?」

「そんなことをしてみろ、他《ほか》の盗賊どもが大よろこびで騒ぎ出すではないか」

「なるほど」

「だから、お前の世話にはならねえよ」

「でも、死んだことに……?」

「そうさ。だから当分、おれは身を隠すことになるだろう」

「どこへ、身を隠すのです?」

「そうだのう。うむ、乞食坊主にでもなろうか……」

「そうなりゃあ、私が、お師匠《ししょう》さまだ」

「調子に乗るな。それよりも、あの、小石川の清水源兵衛殿と隠居の三斎老人のことをたのむぞ」

「明日にでも、また、訪《たず》ねてみます」

「そうしてくれ」

うなずいて立ちどまった長谷川平蔵が、

「録や。ここで別れようか……」

「えっ……何処へいらっしゃるので？」

「お前は、役宅へもどるがよい」

「あんたは？」

「いずれわかる。万事、佐嶋忠介が心得ているゆえ、案ずるな」

いつの間にか、不忍池《しのばずのいけ》の辺《ほとり》に出ていた。

「よいのですか、こんなことをなすって？」

「何故だ？」

「でも、今夜の始末が……」

「素人《しろうと》には、わからぬことよ」

平蔵は、ふところから小判《こばん》一枚を録之助の手へつかませ、

「録さん。ほれ、取っておけ」

「や……小判だ」

「どうだ。久しぶりに白粉《おしろい》の匂いでも嗅《か》いで来い」

「と、とんでもない」

「それなら、たっぷりと飲め」

酒を、である。

呆気《あっけ》にとられている井関録之助を其の場に残し、長谷川平蔵は何処かへ行ってしまった。

「いや、はや……」

小判を、生暖《なまあたたか》い闇の中に透《す》かして見て、

「久しぶりだな、一両小判……」

にっこりと笑った録之助が、坊主頭をつるりと撫《な》で、

「むかしから、こういうお人だ」

平蔵が闇に消えたあたりを、いつまでも見つめていた。

二

その夜ふけに……。

本所《ほんじょ》の二ツ目橋の南・弥勒寺《みろくじ》・門前の茶店〔笹《ささ》や〕の裏手の戸を叩くものがいる。

女あるじのお熊は、七十をこえた老婆で独り暮しなのだが、この界隈《かいわい》の名物といってよい。

「うるさいね。だれだ？」

寝床から半身を起して、大声に尋《き》くお熊へ、

「おれだ。本所の銕《てつ》だよ」

「あれまあ、ほんとだ」

立ちあがって裏の戸を開けると、長谷川平蔵が、

「すまなかったな、こんな夜ふけに……」

「まさか、夜這《よば》いに来ておくんなすったのじゃあないだろうね」

「また、はじめやがった」

さすがの平蔵も、お熊婆には、苦笑を浮かべるよりほかに仕方もない。

銕三郎と名乗って、亡父・宣雄に勘当《かんどう》されかかり、無頼《ぶらい》の日々を送っていた若いころの平蔵は、笹やのお熊から酒をのませてもらったり、博奕《ばくち》の元手《もとで》を借りたりしたものだし、泊めてもらったことも何度かある。

当時のお熊は四十四、五歳で、亭主の伊三郎に死なれたばかりだったし、泊った平蔵の寝床へ、

「どうだ、可愛がってやろうか」

などと酒くさい息を吹きかけつつ、もぐり込んで行き、

「わあ、助けてくれ」

あわてた平蔵が、下帯一つで外へ逃げ出したこともある。

盗賊改方の長官となってより、平蔵はお熊と再会し、以来、月に一度ほどは市中見廻りのついでに笹やへ立ち寄るし、お熊もまた、これまでに数度、平蔵の御役目に、

「一役《ひとやく》買って……」

いたのである。

「銕つぁん。ま、一つ、おあがりよ」

と、お熊は、むかしのままの口調で、いきなり冷酒を茶わんに汲《く》んで出したものだ。

「おお、よく気がつくのう」

「いまさら、何をいいなさるよう」

いいながらもお熊は、平蔵が「凧《たこ》の骨のような……」と形容した細い躰をもみ立てるようにしてうれしがった。ほめられたからだ。

「ときに銕つぁん。また、何か、起ったのかえ?」

「そうでなけりゃあ、こんな夜ふけに、婆さんの皺《しわ》を拝《おが》みに来るものか」

「へへっ。奥方さまには皺がなくって、よかったねえ」

「莫迦《ばか》をいうな。三日ほど、此処に泊めてもらうぞ。よいな」

「いったい、どうしたのだえ?」

「はなしをすると長くなるが、相手は恐ろしい奴どもだ」

「へへえ……」

「今夜は先に寝てくれ。まだ、後から来る」

「だれが?」

「いろいろと、な……」

いうそばから、裏の戸が叩かれた。

「ほれ、来た。開けてやってくれ」

先ず、到着したのは相模の彦十で、彦十もまた、お熊とはむかしなじみなのである。

「彦十爺《とっ》つぁん。まだ、生きていたのかよ」

「冗談いうねえ。半月ほど前に、二ツ目の橋で擦《す》れちがったばかりじゃあねえか」

「もう、いいかげんにせぬか。彦十、あれから、どうした？」

「千駄木《せんだぎ》の先の……へい、水戸様の御屋敷の横手《よこて》の、ごちゃごちゃと細い道が入り込んでいる、あのあたりの小せえ寺の前まで来ると……」

平蔵に右腕を切り落された浪人は、其処《そこ》まで来て、精も根もつきはてたらしく、その寺の裏手から入って、

「辻斬《つじぎ》りに切られた。お助け下さい」

寺僧にいうなり、気を失って倒れてしまったという。

「たしか、宗林《そうりん》寺とかいう寺でござんしたよ」

「そうか。それでよし」

「あんなに、ひょろひょろしていやがったのだから、おれ一人でも引っ捕えられたろうが、でも、お前さまが行先を見とどけるだけでいいといいなすったから……」

「それでよい、それでよい。だが、明日になったら様子を探《さぐ》って来てくれ」

「合点《がってん》だ」

「お前は、もう帰って、やすんでくれ」

彦十は、この近くの本所二ツ目の軍鶏鍋屋《しゃもなべや》・五鉄《ごてつ》の二階の一間に住み暮している。

「長谷川さまよう。こんな鬼婆ぁのそばで夜を明かすなんざ、どうも危《あぶ》ねえなあ」

「うるせえ」

と、お熊が血相を変え、

「死に損いめ、さっさと消えやがれ」

「へっ、笑わせるねえ。こっちの躰には、まだ肉がついていらあ。てめえなんざ、軍鶏の抜け殻《がら》だ」

「何だと……」

こうなると、まるで三十年もむかしが、そのまま再現されたようなものであった。

彦十が帰って、しばらくすると、同心・松永弥四郎があらわれた。

「おお、松永。首尾《しゅび》は？」

「突きとめましてございます」

「でかした。して、場所は？」

「入谷田圃《いりやたんぼ》の先でございました」

あれから、高橋勇次郎をふくめた四人の浪人は、団子坂を走り下って、谷中から上野山内をぬけ、下谷の坂本三丁目にある居酒屋へ入ったという。

おそらく、そこで、高橋は平蔵暗殺の請負《うけお》い料の半金十五両を受け取ったものと看《み》てよい。

間もなく、浪人たちは居酒屋を出て来て、高橋は三人の浪人と別れ、上野山下の方向へ立ち去った。高橋もまた、平蔵の指図《さしず》どおりにしたのだ。

三人の浪人は、あくまでも、高橋勇次郎に居所を知られたくないらしい。

それから、松永同心と二人の密偵が浪人たちを尾《つ》けて行くと、彼らは、入谷田圃の外《はず》れの木立の中にある立派な門構えの屋敷の裏門を叩き、中へ吸い込まれて行ったというのだ。

「だれの屋敷じゃ？」

「さ、それが、しかとはわかりませなんだ。あたりには人家《じんか》もございませんし……取りあえず、お知らせをと存じまして」

「さようか。それでよい」

「密偵ふたりは、御指図のごとく、一刻（二時間）ほど、門の外へ潜《ひそ》ませ、様子を見させておきましてございます」

「うむ。二人とも、今夜は五鉄へ泊ることを知っていような？」

「はい」

「お前も五鉄へ泊り、明朝、此処へ来てくれ」

「かしこまりました」

「何事も、明日からじゃ」

「はい」

松永同心が去ってのち、長谷川平蔵は、お熊が仕度をしてくれた寝床へ腹這《はらば》いになり、

「おい、婆さん。たのむ」

「酒かえ?」

「酒もだが、それより先に、おれの背中と腰を、足で踏《ふ》んづけておくれ」

「按摩《あんま》のかわりにするつもりかえ?」

「いやか」

「色気がないよう、ほんとうに……」

「たがいに、こうなっては、おしまいだのう」

「こうかえ、銕《てつ》つぁん……」

「うむ。かまわずに踏んづけろ」

「なんだか、躰《からだ》がふらふらするよ」

「その壁《かべ》へつかまれ」

「こうかえ」

「どうだ、それなら大丈夫だろう?」

「よしきた。踏むよ、おい」

「たのむ……いい、こころもちだ。うむ、もっと踏め、もっと踏め。それにしても婆さん。ずいぶんと軽くなったのう」

「へっ。おれが躰を抱いたこともねえくせに」

「いや、お前が、むかし、おれに飛びかかって来たときなぞは、はね飛ばされそうになったものだ」

「むかしは鋏つぁんが、軽かったのさ」

「もっと踏んでくれ、強く踏め」

「ああ、もう、殺生《せっしょう》だよう。七十をこしたおれに、こんなまねをさせて……」

お熊が息を切らせている。

「あっ……」

おどろいた平蔵が、あわてて、お熊を背中から下《おろ》し、

「そうだ。婆さんは、おれより三十も年上であったな」

「いまごろ、気づいたのかよう」

「すまぬことをした。さ、寝てくれ、寝てくれ」

「もう、だれも来ないのかえ？」

「うむ。これまでだ」

刺客の浪人たちを手引きした三人の曲者の尾行をしているはずの由松《よしまつ》と、いま一人の密偵は、その結果を役宅の佐嶋忠介へ報告することになっていたが、これは翌日になって、

「やはり、見うしなってしまいました」

との報告が、笹やにいる長谷川平蔵へとどけられた。

三

翌日。

平蔵は、お熊の茶店から一歩も外へ出なかった。

先ず、第一に報告が入ったのは、千駄木外れの宗林寺へ出かけた相模の彦十からであった。

彦十が近辺で聞き込んだところによると、昨夜の浪人は、まだ宗林寺にいて手当を受けているらしい。

激烈な苦痛にたまりかねた浪人が、宗林寺へ転《ころ》げ込んだとき、

「辻斬りに切られた……」

と、寺僧にいったものだから、宗林寺でも捨ておけず、寺社奉行《じしゃぶぎょう》へ届け出た。

ために、役人がやって来て、いろいろ調べたというが、むろん、件《くだん》の浪人は、おのれの正体を打ち明けるはずもない。

そこで役人たちも、

「やはり、辻斬りにやられたらしい」

ということになったと看《み》てよい。

そうなると寺社方から町奉行所へ通達が行き、今度は奉行所が浪人の申し立てを聞いた上で、現場を調べ、近辺の警戒をきびしくするための処置がとられることになる。

おそらく、浪人は、

「うたがわれずにすむであろう」

平蔵は、そういって、

「辻斬りが、このおれでは見つかるはずもねえな、彦十」

「莫迦《ばか》な野郎どもでごぜえやすねえ」

「だれが莫迦だえ？」

「どいつも、こいつもさ」

「彦十。その浪人は当分、宗林寺からうごけまい。お前、今日はゆっくりやすめ。そして明日からは目をはなすな。ほかに手がほしくなったら、いってよこせ。よいか」

彦十が去って間もなく、役宅から佐嶋忠介が来て、前述の報告をしたわけだが、そのときに、

「先刻、御役宅へ、京極《きようごく》備前守《びぜんのかみ》様より御使者がまいられまして……」

「ほう」

「本日は御登城ゆえ、明日の昼前に、御屋敷へおこし下さるようにとのことでございます」

「はい」

「お呼び出しか……」

「さして、お急ぎの御用でもないらしい」

「さようでございます」

平蔵と今後の打ち合わせを綿密《めんみつ》にすませた佐嶋与力は、裏手から外へ出て役宅へもどった。

昼すぎになって、同心・松永弥四郎が〔笹や〕へあらわれた。

今日の弥四郎は、おもいきりよく髪を剃《そ》り落し、托鉢僧の変装をしている。

「や……井関録之助かとおもうたぞ」

「おそれ入ります」

「早いことだな」

「今朝、暗いうちに役宅へもどり、姿を変え、すぐさま、入谷田圃へ……」

「さようか」

昨夜は、あれから二人の密偵が一刻余も、かの屋敷を見張ったが、

「入る者も出る者もなく……」

屋敷内は、ひっそりと、しずまり返っていたそうな。

さて……。

松永弥四郎は、わけもなく、今度は件《くだん》の屋敷の所有者を突きとめた。

その屋敷から二町ほど離れたところにある竜沢寺《りゅうたくじ》という寺で尋ねると、

「ああ。あれは、渡辺丹波守様の下屋敷でおざる」

若い寺僧が、そうこたえた。

「何じゃと……」

　ここにいたって、長谷川平蔵も胸がさわぎはじめた。

　さわがざるを得ないではないか……。

　弥一郎・伊織《いおり》の永井兄弟と関係が深い渡辺丹波守の下屋敷（別邸）が、入谷田圃の外れにあった。

　そこへ、盗賊改方・長官の長谷川平蔵を暗殺すべく、無頼《ぶらい》の浪人どもが寄りあつまっている。

「松永、これは容易《ようい》ならぬことだ」

「はっ」

「お前の下についている密偵ふたりは、その下屋敷を見張っているのか？」

「今朝から見張っております」

「目をはなすな、よいか」

「心得ました」

　立ちかける松永弥四郎へ、

「あ、待て」

「何ぞ……？」

「三人では手不足《てぶそく》じゃ。よし。お前は入谷へ行く途中で五鉄に立ち寄り、彦十を此処へ寄こしてくれ。わしの手紙を佐嶋へ届けさせ、手を増《ふ》やさねばならぬ」

「そうしていただきますれば……」

松永も、ほっとしたようだ。

何しろ、近くには見張り所になるような家もない。

そうなれば、見張りの人数を増《ふ》やし、こちらの目が行きとどくようにせねばならぬ。

そして、渡辺丹波守の下屋敷への探《さぐ》りを何としても深めなくてはなるまい。

「わしは、出られぬゆえ、万事、佐嶋の指図《さしず》に従え。そして、役宅から人数が到着するまでは、むやみにうごくな、よいか」

「はい」

「そうだな……」

平蔵は、暫時《ざんじ》、思案《しあん》したのちに、こういった。

「人手が増えるまでの間、屋敷から出て行く者については、後を尾《つ》けなくともよい。ただし、外から屋敷を訪《おとず》れた者がいたなら、そやつが帰りを見逃さず、後を尾けよ」

「承知いたしました」

「急げ、弥四郎」

「はっ」

「ここを出て行くとき、店にいるお熊婆をよこしてくれ」

松永と入れちがいに、お熊が奥へやって来て、

「何だえ？」

「婆さん。硯箱《すずりばこ》があるか？」

「そんなものが、どうして、ここにあるのだよ」

「そうだった、な……」

「筆や墨に用があるくれえなら……」

いいさしたお熊が、

「いや待て、銕つぁん。おれには用がなくとも、三十年前に死んだ亭主は手紙も書いたっけ」

戸棚へくびを突っ込み、しきりに探していたお熊が、

「あった、あった」

「これ、小判の山を見つけたような声を出すな。中に筆は？」

「入《へえ》っていますよう」

「よし。こっちへよこせ」

「何を書きなさる？」

「ほれ、客が入って来たようだぞ。団子《だんご》を売って来い」

平蔵は懐紙《かいし》をひろげ、すぐさま、役宅の佐嶋忠介へあてて、くわしい指図をしたためた。

間もなく相模の彦十が、真赤《まっか》な顔をしてあらわれ、

「冗談じゃあござんせんよ。寝ていいというから、一杯《いっぺえ》引っかけて寝床へもぐり込んだ

ら松永の旦那に叩き起されちまった……」

「文句をいうな」

じろりと平蔵に睨《にら》まれた彦十が、くびをすくめ、

「おお、おっかねえ」

その目の前へ、ぽんと一分金《いちぶ》を放《ほう》ってやった平蔵が、

「役宅まで、駕籠《かご》へ乗って行け。この手紙を佐嶋へわたして来い」

「駕籠へ乗らなかったら、どうなるので?」

「駕籠より速《はや》く役宅へ着けるのか?」

「着けますとも」

「それなら、仕舞っておけ」

「ありがてえ」

一分を押しいただいた彦十が、そっと裏手から出て行った。

夜に入ってから……。

佐嶋忠介が、同心・酒井祐助《ゆうすけ》をともない、笹やの裏口へあらわれた。

「おお、佐嶋。どんなぐあいだ?」

「万事、手配をすませましてございます」

「御苦労」

「お指図のごとく、何処かに見張りの者の溜《たま》りを設けませぬと、どうにもなりませぬ。

そこで、松永弥四郎が件《くだん》の屋敷のことを尋ねました竜沢寺へまいり、小当《こあた》りに当ってみましたところ、小さな寺でもあり、和尚をはじめ寺僧たちもたのみになると見きわめましたので……」

「たのみこんだか？」

「はい。こころよく承知いたしてくれました」

「そうか。それは何よりであった」

今日いちにち、渡辺丹波守下屋敷への、人の出入りはまったくないそうな。

邸内は、人の気配《けはい》もないように、しずまり返っていたという。

佐嶋与力は、新《あら》たに同心二名、密偵五名を増《ふ》やし、合わせて十名に入谷田圃の竜沢寺を〔基地〕にして見張りをさせることにした。

こうなれば、昨夜の浪人どもが屋敷から出て来ても、尾行に手を割《さ》くことが可能となった。

「ときに、長谷川様……」

「何じゃ？」

「昨日、中屋《なかや》幸助《こうすけ》方の親類《しんるい》たちが寄り合いまして、屋内《おくない》を隅々まで調べましたところ、蔵《くら》の中より、中屋自慢《じまん》の順気剤《じゅんきさい》が大分に盗まれていたよし。本日、役宅へ届け出てまいりました」

「ふうむ……」

中屋が誇《ほこ》る高貴薬の順気剤の価値《かち》を、盗賊どもはわきまえていたのだ。

「井関の録は、どうしている？」

「何やら、今朝になり、ひどく腹を下しまして、寝込んでしまいました」

「仕方のないやつだ。昨夜、小遣《こづか》いなど、やるのではなかった」

「明日は、かならず、小石川の清水屋敷を訪ねるそうでございます」

「よし、よし。ともかくも佐嶋、酒井。ここが正念場《しょうねんば》とおもい、構えて油断《ゆだん》すな」

「はっ」

「それから、明日の朝、わしに虚無僧《こむそう》の仕度をととのえて、此処へ届けさせてくれ」

「心得ましてございます」

「ま、一杯引っかけて行くがよい。今夜は、まるで、冬がもどって来たようじゃ。おい、婆さん、婆さん……」

するとと店の方から、お熊の威勢のよい声が、

「ちゃんとわかっているよう、銕つぁん。肴《さかな》は何だとおもう？」

「肴の仕度もしてくれるのか？」

「蒟蒻《こんにゃく》の千切《ちぎ》ったのを叩《たた》っこんだ、舌の千切れるように熱い……」

と、いいかけるのへ、

「ふうん、狸汁《たぬきじる》か……」

平蔵が、なつかしげな眼の色になった。

酒井祐助が目をみはって、

「あの、狸の肉でございますか？」

といったものだから、佐嶋忠介が、めずらしく吹き出した。

四

翌日の四ツ（午前十時）ごろに、長谷川平蔵は、木挽町《こびきちょう》三丁目にある京極備前守高久《たかひさ》の屋敷へ到着をした。

朝のうちに、役宅から〔笹や〕へとどけられた虚無僧《こむそう》の衣裳《いしょう》を身につけ、天蓋《てんがい》に顔を隠し、尺八《しゃくはち》を手に此処まで来た平蔵は、門番所の小窓の下へ立ち、

「御門番、御門番」

よびかけると、小窓が開き、門番の江原夏造《えはらなつぞう》が顔を出し、虚無僧と見て、

「御無用《ごむよう》」

と、いい、窓を閉めようとした。

よくよく考えれば、大名屋敷の門前で虚無僧が尺八を吹いて喜捨《きしゃ》を請《こ》うわけもないのだが、天蓋を除《と》って顔を見せた平蔵に気づき、

「あっ……は、長谷川様……」

江原は仰天して、あわてふためき、傍門《わきもん》の扉を開き、平蔵を迎え入れた。

このような変装で平蔵が来邸《らいてい》したのは、はじめてのことだ。

江原が、おどろいたのもむりはない。

江原のみか、京極備前守も目をみはって、

「はて……ようも似合《にあ》うことよ」

「このような姿にて参上は恐れ入りまするが、やむを得ず……」

「いや、構うな。徒《ただ》の御役目ではない」

「ははっ」

「何ぞ、さしせまった事件《こと》でも起きたのか？」

「はい」

「ふむ……」

凝《じっ》と、平蔵を見やった京極備前守が、

「実は、な……」

「は……？」

すでに、人ばらいをしてあり、侍臣《じしん》二名は次の間に控《ひか》えている。

「先ごろの、渡辺丹波守一件のことじゃが……」

「何ぞ、判明《はんめい》いたしてござりますか？」

「それがのう。先ごろ、おぬしから聞きとどけおいた……ほれ、駒込の居酒屋の老爺《ろうや》と渡辺丹波守との関わり合いについてじゃが……」

「はい」

「このようなことが、おぬしの役に立つかどうか、それは知らぬが……」

「何なりと、おおせ聞け下さいますよう。私からも後程、申しあげねばならぬことがございます」

「そうか、ふむ……いやなに、先ごろ病歿《びょうぼつ》いたした渡辺丹波守直義殿につき、それとなく、評定所《ひょうじょうしょ》において、いささか調べてみたのであるが、丹波守直義殿は十六歳のころに、男子をもうけてな」

「十六歳にて、子を……」

「うむ。屋敷の奥向きの女中に手をつけ、生ませたものらしい。申すまでもなく、そのころの丹波守殿は家督《かとく》前の身であったし、妻を娶《めと》っていたわけでもない。さりとて、まさかに町家よりまいっている女中を七千石の大身の嫁にいたすこともならぬ」

「いかさま……」

「そこで、渡辺家では、身ごもった女を下屋敷へ移し、そこで、子を生ませたという」

「ははあ……」

「そして、生まれた子は養子に出した」

「何処《いずこ》へでござります?」

「六百石の旗本・永井弥兵衛《やへえ》昭高《あきたか》の養子にした。永井家は、徳川の天下《てんが》になる以前より、渡辺家の家来筋《すじ》に当るとかで、以来、何かと渡辺家の庇護《ひご》を受けて来ているそうな」

平蔵は、慎重《しんちょう》に聞き取っている。

永井弥兵衛とは、他《ほか》ならぬ永井弥一郎・伊織《いおり》の亡父であった。

「永井家には跡継ぎの弥一郎昭安《あきやす》がおり、その弟として養子に入ったわけじゃ。ところが、弥一郎昭安は父亡きのち家督をし、御役目にも就《つ》いたというに、いまより、およそ二十年ほど前に、突然、屋敷を出奔《しゅっぽん》し、行方《ゆくえ》知れずとなったまま、今日におよんでいるとか……」

「では、いまの永井家の当主・伊織殿は、亡き渡辺丹波守様の実の子にて、ひそかに永井家へ養子となったのでございますな」

「そのとおりじゃ。このようなことが、何ぞ、役に立とうか？」

「かたじけのうございます。おかげをもちまして、このたびの難問《なんもん》が、半分は解《と》けましたるようにて……」

「さようか」

大名や旗本の家で、こうした例は、すこしもめずらしくない。

大名家のことはさておき、徳川将軍の家臣である旗本の家の内情は、いかに隠しても隠しきれぬようになっている。

それほどに幕府の監察《かんさつ》はきびしいといってよい。

また、その一方では、それぞれの庇護者の運動や金の使い方ひとつで、いかようにも融通《ゆうずう》がきく仕組みになっているのだ。

まして、渡辺丹波守が少年のころの過失《かしつ》から生まれた子を、家来筋の旗本の家へ養子にやることなど、別に、どうしたことでもない。

むしろ、めでたいことだといえよう。

それゆえ、評定所の記録にも残されていたのであろう。

幕府の重職である若年寄をつとめる京極備前守は、丹後・峰山一万千四百余石という小さな大名ながら、その権威は老中《ろうじゅう》に次ぐものであって、なればこそ、評定所の秘密の記録に目を通すこともできたのである。

「いささか、うかがいたきことがございます」

「申してみるがよい」

「その、永井伊織殿の実母は、いかが相なりましたか？」

「さ、そこまではわからぬ」

苦笑を浮かべた京極備前守が、

「渡辺丹波守殿の子を生み落してのち、実家《さと》へもどされたのではあるまいか……」

「その、実家とは……？」

「さて、それも、わしにはわからぬことじゃ」

「これは、まことにもって不躾《ぶしつけ》なることを……」

「何の、かまわぬ。それよりも長谷川。おぬしのはなしを聞こうではないか」

「お耳へ入れにくいことではございますが……」

「かまわぬ」

そこで平蔵が、これまでの事の大半を語った。

語るにつれて、京極備前守の顔色《がんしょく》が一変《いっぺん》した。

「すりゃ、まことの事か？」

「これまでに、判明《はんめい》いたしましたることのみを申しあげました」

「ふうむ……」

低く唸《うな》った備前守が、

「奇怪《きっかい》なることを聞くものじゃ」

「これより、われらは、いかがいたしましょうや？」

「む……」

ややしばらく沈思《ちんし》した後に、

「おもうままにやるがよい」

と、京極備前守がいった。

「かまいませぬか？」

「かまわぬ。このようなことを解明《かいめい》せずして何としよう」

「いざともなったるときは、備前守様のおちからを拝借《はいしゃく》いたすやも知れませぬ」

「よいとも。それが、わしとおぬしのつとめではないか」

「かたじけのうございます」

備前守も、中屋幸助方の悲惨《ひさん》な犯行《はんこう》が絡《から》み合っているだけに、いかな大身旗本に関する事といえども、打ち捨ててはおけぬと決意をしたらしい。

しかも、一昨夜、盗賊改方が突きとめた無頼浪人どもの〔巣〕が、何と渡辺丹波守・下屋敷であったというのだから、

「いかようにも助けつかわす」

備前守は、こころよく引き受けてくれたのである。

これは、長谷川平蔵にとって、

「何よりも心強い……」

ことであった。

平蔵は、備前守から酒肴《しゅこう》のもてなしを受けつつ、以後の打ち合わせをすませ、八ツ（午後二時）すぎに京極屋敷を出た。

虚無僧姿の平蔵が目ざすところは、入谷田圃の外れにある渡辺丹波守・下屋敷だ。

ところで……。

いまの渡辺家は、丹波守直義亡きのち、長男の右京亮直照《うきょうのすけなおてる》が家督《かとく》をし、当主となった。

その渡辺直照は、わが下屋敷が無頼浪人どもの〔巣〕になっていることを、

（知っているのであろうか……？）

また、旗本・永井伊織が、

〔異腹《いふく》の兄〕

であることを、わきまえているのであろうか……。

五

長谷川平蔵は、先ず、入谷田圃の竜沢寺へおもむいた。

折しも、見張りの交替《こうたい》があり、松永弥四郎が、由松《よしまつ》ほか三名の密偵と共に、庫裡《くり》の裏手の物置き小屋で、にぎり飯を食べているところであった。

「おお、此処が溜りか……」

と、入って来た平蔵の虚無僧姿を見て、密偵たちが瞠目《どうもく》した。

「松永。その後、どうじゃ?」

「それが、ひっそりとしたままなのでございます」

「ふむ……わしを斬ったことは、かの浪人どもを手引きした奴が、しかるべきところへ知らせたにちがいないが……」

その平蔵の言葉に、密偵の由松が恐れ入って、

「あの晩、あいつらを見失いまして、申しわけもございません」

「いや、咎《とが》めているのではない。あの晩はむりじゃ。お前たちはお前たちで、井関録之助その他へ連絡《つなぎ》をつけねばならず、なかなかうまく手が廻るものではない」

「暗《くら》がりの中で、あいつらがちょこちょこうごきまわっているのは、よくわかっていたのでございますが……こっちも、相手に見つかってしまっては取り返しがつきません。

それでつい、手遅れになってしめえました」

「いや、ここまで漕《こ》ぎつけてくれただけで充分《じゆうぶん》じゃ、よくやってくれた」

そこへ、役宅から酒井祐助が様子を見に来た。

「あ……こちらへ、お見えに……」

「京極屋敷からの帰りじゃ」

「備前守様より、何ぞ……？」

「そのことよ。今夜、佐嶋忠介に笹やへ来てもらってくれ」

「承知いたしました。では、すぐに御役宅へもどりまして……」

「あ、待て」

「は……？」

「大滝の五郎蔵たちは、渡辺丹波守様の御屋敷を探っているのであろうな？」

「はい。それが、まだ、手がかりをつかめませぬ。いまのところ、奉公人も、めったに外へ出てまいりませぬし……」

「よし、そちらは打ち切って、その手を、他《ほか》へまわそう」

これまでに、わかったことなのだが、亡父の跡をついで当主となった丹波守直照は、まだ四十にならぬ年齢ながら、まことに温厚《おんこう》で誠実な人物らしい。

妻との間に一男二女をもうけており、赤坂・溜池の本邸には、

「これといって、怪《あや》しむべきこともないようにおもわれます」

る。

と、酒井同心がいった。

「さようか……」

「なれど、この下屋敷が……？」

「そのことじゃ」

少数の家来や奉公人がいるのみなので、中間部屋《ちゆうげん》が、夜になると博奕場《ばくち》に変じたりす

大名の下屋敷もそうだが、こうした別邸へは、めったに主人は足を運《はこ》ばぬものだし、

だが、いずれにせよ、かの浪人どもを操《あやつ》る曲者は、渡辺家と何らかの関わり合いがあると看《み》てよいのではないか……。

「実は、酒井。今日、京極様御屋敷からこれへまいる途々《みちみち》に、ふと、おもいついたことがある」

「何でございましょう？」

「盗賊どもが押し入った中屋幸助は、渡辺屋敷へも、永井伊織の屋敷へも出入りをしていた……」

「はい」

「他に、両家へ出入りの商人《あきんど》を突きとめてもらいたい。それを、小柳安五郎に五郎蔵をつけて探《さぐ》らせてくれ。申すまでもなく、その他に手を増《ふ》やしてもよい」

「心得ました」

平蔵が何をおもっているのか、酒井は、すぐに察知《さっち》したらしい。

「では、これにて」

酒井祐助が竜沢寺を出て行って間もなく、密偵の駒造《こまぞう》が百姓の風体《ふうてい》で駆けつけて来て、

「いま、人が……いえ、駕籠《かご》が一梃《ちょう》、あの屋敷へ着きましてございます」

「何、駕籠が……」

「駕籠は、門前で待っております。中へ入って行ったのは侍《さむらい》でござんす。いえ、浪人ではございません。ちゃんとした侍なんで。へい、頭巾《ずきん》をかぶっておりました」

「気づかれなかったろうな」

「大丈夫で……」

「よし。わしが行って見よう」

「御供をいたします」

と、松永同心が立ちあがった。

「托鉢坊主と虚無僧では、つきすぎているのではないか」

「いえ、私が先へ立ちます」

目に見えて、日が長くなってきてはいるが、さすがに、この時刻になると、夕闇も濃くなり、入谷田圃には歩む人の姿も絶える。

だれにも出合うことなく、平蔵と松永と駒造は、道をへだてて渡辺家の下屋敷の門前をのぞむ木立の中へ入ることを得た。

木立の中には、同心・橋本広吉《はしもとひろきち》が潜《ひそ》んでいた。

他の見廻りは、屋敷の裏門と、それから周辺の道すじに散っているらしい。

「なるほど、町駕籠《まちかご》が待っているのう」

駕籠舁《か》きは、駕籠の傍《そば》に蹲《うずくま》ってい、言葉をかわすでもなく、しずかに待っている。

「これは松永、間もなく出て来るぞ」

平蔵がささやいて、しばらくすると、潜《くぐ》り門が開き、頭巾の侍が道へあらわれ、門の内へ何か一言《ひとこと》いったかとおもうと、駕籠へ乗った。

見送りに出る者はなく、すぐに、門扉《もんぴ》が閉《と》じられ、同時に駕籠もあがった。

間《かん》、髪《はつ》を入れずに長谷川平蔵が、

「松永、尾《つ》けろ。これは、お前のほかにやる者がおらぬ。かまえて失敗《しくじり》をいたすなよ。駒造を連れて行け」

一気に、ささやいた。

「はっ」

松永弥四郎と駒造が木立の向う側へ抜け出して行く。

そこへ、これは道の何処かにいた密偵が一人、あらわれた。

駕籠が、前の道から出て行ったのに気づいたのであろう。

先に、駕籠が道へ入って来るのを知らせたのも、この密偵であった。

「いま、出て行きました」

「よし。お前は駒造のかわりに、此処にいてくれ」

「かしこまりました」

平蔵は橋本同心に、

「ぬかるなよ。ここで失敗したなら、何もかも水の泡《あわ》じゃ」

「門内から外を見張っているやも知れませぬので、これより先へは近づけませぬ。それが歯痒《はがゆ》うございます」

「いや、それでよい。あせってはならぬ」

「はい」

「では、たのむぞ」

「心得ましてございます」

平蔵は木立をぬけ、夜の闇の中を歩みはじめた。

それにしても、自分を襲い、自分を斬殺したとおもいこんでいるはずの浪人どもが、外へ出て来ないのが、

（いささか、解《げ》せぬ）

このことであった。

盗賊改方の長谷川平蔵を殺害したのだから、彼らも相応の金をもらったにちがいない。金が入れば、それを使い果すまで飲み、打ち、買わなくては気がすまぬ連中であろうに……。

それとも、彼らが出て行くのを、見逃したのではあるまいか……。

（いや、そのはずはない）

平蔵襲撃の当夜、松永弥四郎が笹やへ報告に来たあとで、二人の密偵が一刻を見張ったのちに引きあげた。

これは平蔵の指令であるから、見張りに落度《おちど》はないのだ。

そして、翌朝早くから見張りがつづけられ、今日に至っている。

ゆえに、彼らが出たのを見逃したとすれば、当夜から翌朝にかけての、ほんの二刻か三刻の間である。

当夜の、その時刻に、犯行を冒《おか》した彼らが出て来るはずはない。

（先ず、手落ちはあるまい）

弥勒寺・門前の笹やへもどり、

「今日は、どれほど儲《もう》かったえ？」

お熊の毒口《どくぐち》に閉口《へいこう》しながら、平蔵は虚無僧の衣裳をぬぎにかかった。

ちょうど、そのころ……。

下谷茅《かや》町二丁目の飯屋《めしや》・三州屋の二階に寝そべっていた高橋勇次郎が、むっくりと半身を起し、

「ああ、もう、たまらぬなあ……」

独《ひと》り言《ごと》をいった。

長谷川平蔵を斬ったと見せかけ、大野弁蔵から残りの半金十五両をもらったのは、一昨夜であった。

前の半金と合わせて三十両の大金が懐中にありながら、この小部屋に寝転《ころ》んだまま日を過《すご》しているのは、何としても、おもしろくない。

「知らせがあるまで、出てはならぬ」

と、平蔵に念を入れられている高橋だが、

(なあに、ちょいと遊んで来るだけだ。かまわんだろう)

たまりかねて立ちあがり、大刀を手にして、

「おい。ちょっと出て来る」

階下の板場で忙しく立ちはたらいている老亭主の与兵衛《よへえ》に声をかけ、裏手から外へ出た。

行先は、いうまでもない。

下谷町二丁目の岡場所の〔みよしや〕である。

(どうも、あの、およねという女は忘れられぬな。何ともいえぬ肌身をしていた。うむ、あれはよい。なかなかよろしい)

裏の路地から、表の道へ出て来た高橋勇次郎が歩み慣《な》れた道すじゆえ、提灯《ちょうちん》も持たず、にやにやと独《ひと》り笑《わら》いを浮かべながら池之端の方へ立ち去るのを、境稲荷《さかいいなり》の鳥居《とりい》の蔭《かげ》

から、密《ひそ》かに見まもっていた男がいた。

どこにでも歩いているような町人姿の、小柄な男であったが、こやつ、鳥居の蔭から飛び出し、高橋浪人の後を尾《つ》けはじめたものである。

みよしやへあらわれた高橋勇次郎は、

「およねはいるか？」

ほがらかに、声をかけた。

帳場にいた亭主の卯兵衛《うへえ》が、

（あっ……あのときの浪人だ……）

すぐさま、裏手から飛び出し、近くの石塚才一郎家へ駆け込み、このことを告げた。

盗賊改方は、高橋勇次郎を見張る必要がなくなり、石塚屋敷を引き払ったのだが、それでも、同心・沢田小平次《さわだこへいじ》が日に一度はあらわれ、みよしやから、何か知らせが入っているかどうかを、たしかめることにしていた。

というのは、高橋のほかに、大野弁蔵も〔みよしや〕の客だったからである。

みよしやの亭主・卯兵衛が駆け込んで来たとき、ちょうど、沢田同心が石塚家に来ていたのだ。

「浪人……どっちのほうだ？」

「およねの客になった、若いほうの浪人でございます」

「あ……それなら、もう……」

　もう、よいのだ……と、いいかけて沢田小平次が、はっとなった。

　高橋勇次郎は、当分、三州屋の二階から出てはならぬと念を入れられているはずではないか。

（たしかに、そうだ。高橋は金が入ったので、我慢ができなくなったものか、それとも……？）

　微《かす》かに笑った沢田が、

「よし、わかった。かたじけない」

「よろしゅうございますか……？」

「あとは、こちらで引き受ける」

「遊ばせても、よろしいので？」

「かまわぬ。だが、もし泊り込むようなら、いま一度、御苦労だが此処へ知らせてもらいたい」

「承知いたしました」

　沢田小平次は考えこんでしまった。

「どうした？」

　と、石塚才一郎が、

「その若いほうの浪人なら、別に、かまうことはないのではないか？」

「そうなのだが……」

長官《おかしら》や佐嶋与力《よりき》は、高橋浪人を信頼しきっているようだけれども、沢田をふくめて同心たちの大半は、

（素姓《すじょう》もわからぬ浪人を、これほど深く立ち入らせてよいものか、どうか……？）

疑問《ぎもん》を抱いていた。

（もしやして、高橋は、この後、何処かで大野弁蔵とやらいう浪人と密かに会うつもりなのでは……？）

沢田は、ふと、そうおもった。

大野浪人は、入谷田圃の渡辺丹波守・下屋敷へ入ったきり、まだ出て来ないらしいが、それとても確実なことではない。

当夜から翌早朝にかけて、たとえ一時《いっとき》にせよ、見張りの目が、

（はなれている……）

のであった。

そのころ……。

弥勒寺門前の〔笹や〕へあらわれた佐嶋忠介と酒井祐助は、長谷川平蔵の酒の相手をしながら、今日、長官が京極備前守から耳にした一件を聞き取っている。

その後で、三人は、くわしい打ち合わせをはじめた。

このとき……。

町駕籠の後を尾《つ》けて行った同心・松永弥四郎が、本所二ツ目の橋を南へわたり、笹やへ急ぎつつあった。

同じころ……。

「近いうちに来る。かならず、また来るからな」

およねの、むっちりした肌身から離れた高橋勇次郎が、

「ほれ……」

気前よく、何と一両小判を、およねのはだけた胸元へ落しこみ、

「おれの顔を忘れるなよ」

「忘れるものですかよう」

かじりついたおよねが、いきなり、高橋の耳朶《みみたぶ》へ嚙《か》みついた。

「うわ……ひどいな、おい」

「その歯型《はがた》が消えないうちに来てくれないと、もう知らないから……」

「よし、よし……」

抱きよせて、およねの鼻をちろりと舌先《したさき》でなぶった高橋が、

「来るぞ、きっと来るぞ」

大満悦で、みよしやを出て行った。

見送ったおよねが、帳場の卯兵衛へ、

「石塚さまへ、知らせておくんなすった？」

「うむ。沢田の旦那がいなすったよ」

「それなら、大丈夫だけど……」

いいさしたおよねが、

「でもねえ、旦那……」

「どうした？」

「あの浪人さん、悪い人には見えないんだけれど……」

「お前は、人が善《よ》すぎるのだ」


それから間もなく……。

高橋勇次郎は、不忍池の南側の道を歩《あゆ》んでいる。

夜ふけであった。

左手は池之端仲町の町家だが、いずれも戸を下《おろ》し、犬の仔《こ》一匹、道には見えぬ。

（もう、春か……）

あまりに生暖いものだから、くつろげた胸元から、およねの白粉《おしろい》の匂いがたちのぼってきて、

「うふ、ふふ……たまらんなあ、どうも……」

先ほどの、およねの痴態《ちたい》をおもい浮かべながら、高橋の顔は弛《ゆる》み放題《ほうだい》に弛んでいる。

およねとのんだ酒も、少量のものではなかった。

(男なぞという生きものは、所詮《しょせん》、これにつきる……立身出世もいらん。剣術の修業なんぞもばかばかしい。つまりは女……女の肌身だ。これさえありゃあ、何もいうことはないのだが……しかし、待てよ。女の肌身を抱くためには金が要《い》る。精《せい》をつけるためには物も食わねばならぬ……さて、そうなると困るのだよ、うむ。金と食い物のほうが、こりゃあ、やっぱり女よりも先のことになるのかな、ふうむ……)

酒が入れば、たちまちこれだ。

悪い酒ではないのだが、いかにも暖気《のんき》な男ではある。

三十両のうち、今夜は二両あまりをふところに三州屋を出て来た高橋勇次郎だ。

(ま、当分は、およねを抱けるし、酒ものめる。こうなると、まったく、長谷川平蔵様々だ。長谷川大明神《だいみょうじん》だ)

道が右へ曲がりかかった。

右側は不忍池。左手に福成寺という寺がある。

「およね。明日も行くぞ……」

すっかり上機嫌《きげん》となった高橋勇次郎が、星空を仰《あお》ぎ、声にのぼせた瞬間であった。

福成寺の門の屋根の下に蹲《うずくま》っていた黒い影が、矢のごとく道へ走り出て、物もいわずに、高橋めがけて抜き打った。

「あっ……」

高橋の叫びがあがった。

はっ、と身を躱《かわ》したが躱しきれず、高橋勇次郎は右の肩から胸もとへかけて、曲者の一刀を受け、大きくよろめいた。

見張《みは》りの日々《ひび》

一

たしかに、高橋勇次郎の油断《ゆだん》であったが、抜き打ちをかけた浪人の手練《しゅれん》も生半《なまなか》のものではなかった。

突如、福成寺の門の裾《すそ》から噴《ふ》きあがった殺気を感じて、高橋は躱《かわ》すことは躱したのだ。

さほどの相手でなかったら、みごと躱して体勢をととのえ、高橋は、

「何者だ!!」

の一喝《いっかつ》をあたえつつ、おのれも腰の大刀を抜き合わせていたろう。

だが、相手は、高橋が身を躱すことを充分にわきまえ、しかるべく間合《まあい》をはかって抜き打った。

よろめいた高橋勇次郎は、大刀の柄《つか》へ手をかけたが、ほとんど、体勢がくずれていた。

「ぬ!!」

腰を沈めた曲者の二の太刀が、高橋の胴を払ってきた。

ひととおりの剣客なら、これで、万事終ったことだろう。

しかし、そこは高橋だ。

瞬間、高橋は我から仰向《あおむ》けに地へ倒れたのである。

このため、曲者の一刀は高橋の左股《また》を切り裂いたにとどまった。

こうして二の太刀を辛《かろ》うじて避《さ》けはしたが、どちらにせよ、高橋勇次郎の一命は終ったとしかおもえなかった。

高橋も、

(やられた……これで終りだ……)

倒れつつ、暗く果無《はかな》い絶望感に抱きすくめられた。

曲者は、倒れた高橋めがけて、三の太刀を振りかぶったが、その途端《とたん》に、

「あっ……」

鋭く闇《やみ》を切って疾《はし》って来た石塊《いしくれ》が、曲者の左耳のあたりへ命中《めいちゅう》したものだから、

「だれだ!!」

おどろいて飛び退《の》き、刀を構えた。

すると、闇の彼方で、

「人殺し!!」

大声が響きわたったではないか。

同時に、不忍池のほとりから二名の人影が抜刀して駆け寄って来た。

その二人へ、曲者が、

「いかん。逃げろ」

と、叫んだ。

曲者は一人ではなかった。三人がかりで、高橋勇次郎を暗殺しようとしたのだ。

「人殺しだ。助けてくれ!!」

闇の向うで、大声がつづく。

舌打ちを鳴らした三人の曲者が、茅町《かや》の方へ走り去った。

高橋は、辛うじて半身を起し、片膝《かたひざ》をつき、大刀を引き抜いた。

「人殺しだ。人殺し!!」

まだ、叫んでいる。

(逃げた、な……)

高橋勇次郎は、走り去る曲者の足音に耳を澄《す》まし、荒い呼吸《いき》を吐《は》いた。

そこへ、ひたひたと足音が近寄って来て、

「高橋殿。大丈夫か?」

落ちついた声が、よびかけてきた。

「どなたです?」

「盗賊改方・同心、沢田小平次です」

おもわず、高橋がよろこびの声をあげ、

「おお……」

「助かりました、助かりました」

沢田同心が、走り寄って高橋の躰《からだ》を支《ささ》え、

「やられたな」

「やられました。ですが、死ぬこともありますまい。長谷川様のおいいつけにそむき、つい、うっかりと外出《そとで》をしたのが、いけなかった……」

この夜。石塚才一郎家に居合わせた沢田小平次は、かねてから高橋浪人を信じきっていなかったこともあり、また一つには、

(これから高橋は、あの大野弁蔵とやらいう浪人と密《ひそ》かに会うのではあるまいか……?)

その疑惑《ぎわく》にも駆《か》られ、みよしやを出て帰途についた高橋の後を尾《つ》けて来たのであった。

すると、曲者の襲撃がはじまった。

沢田同心は、火付盗賊改方の中でも屈指《くっし》の剣士であるが、それだけに、この闇夜の中で無謀《むぼう》に割って入るようなまねはしない。

高橋浪人が襲われたと見て、咄嗟《とっさ》に、

(高橋を、先ず助けねばならぬ)

と断じ、人殺しの叫びをあげた。

迂闊《うかつ》に近寄り、曲者どもを追い散らそうとか、捕えようとかするのは、この場合、まことに危険だとおもった。

現に、他にも二人の曲者が池畔に潜《ひそ》んでいたではないか。

「これは、ひどい」

高橋の傷所《きずしょ》をあらためてみて、沢田小平次は眉《まゆ》をひそめた。

左股の傷はさほどでないが、右肩から胸もとへの傷が浅いとはいえなかった。

出血もひどい。

「しっかりしろ」

沢田は、自分の羽織を切り裂き、取りあえず高橋の傷所へ当てがうことにした。

「助《し》かりますかなあ……」

強いて明るく、沢田小平次へ笑いかけた高橋勇次郎であったが、全身に火をつけられたような激痛と、出血のために気力も弱りかけてきはじめた。

そのころ……。

同心・松永弥四郎は、本所の二ツ目橋を南へわたり、弥勒《みろく》寺門前のお熊の茶店へ到着していた。

二

松永弥四郎は托鉢《たくはつ》僧の変装のままであった。

「どうであった？」

長谷川平蔵の問いに、

「突きとめましてございます。突きとめましてございます」

ほとばしるように同じ言葉を繰《く》り返したのは、さすがに松永、昂奮《こうふん》を押えきれなかったのであろう。

茶店へ訪ねて来た佐嶋与力と酒井同心は、まだ役宅へ引きあげていなかった。

松永弥四郎の報告は、つぎのごとくである。

入谷田圃の渡辺丹波守・下屋敷を訪れた頭巾《ずきん》の侍《さむらい》は、待たせてあった町駕籠《まちかご》へ乗り、入谷田圃を突切り、坂本から上野山下へ出た。

そこで侍は駕籠から下《お》り、駕籠舁《か》きに酒手《さかて》をわたし、歩《あゆ》み去った。

尾行していた松永は、密偵の駒造《こまぞう》へ、

「お前は、あの駕籠を洗え」

と、命じ、すぐさま、頭巾の侍の後を尾《つ》けた。

後でわかったが、この町駕籠にとって、頭巾の侍は徒《ただ》の客にすぎなかったのである。

まだ宵《よい》の口《くち》のこととて、上野山下の盛り場の灯火は明るく、往来《ゆきき》の人の足も絶えず、頭巾の侍は提灯も手にすることなく、ゆっくりとした足取りで、池之端仲町の通りへ入って行く。

仲町の通りの両側には、小体《こてい》ながら高級の品をあつかう老舗《しにせ》が立ちならんでい、まことに落ちついた町筋である。

「はい。二度ほど振り返ったりいたしましたが、何やら安心の態《てい》にて……」

頭巾の侍は、湯島天神下へ出て、切通しをあがり、天神社の境内に沿って左へ曲がった。

右側が組屋敷、左側が天神社の門前町で、茶屋もあるし、人通りも絶えていない。

すこし行くと、右側が霊雲寺《れいうんじ》の塀外になる。

この寺は、大きな伽藍《がらん》を誇《ほこ》っているわけではないが、関東真言律《しんごんりつ》の惣《そう》本寺で、由来はまことに古い。

霊雲寺の西側は、武家屋敷がたちならんでい、その間に、一つの路地がある。

その細い道へ、頭巾の侍は消えた。

路地を突き当ると、そこが五坪ほどの空地《あきち》になってい、瀟洒《しょうしゃ》な門が見えた。

その門の内へ、侍は入って行ったのだ。

つまり、路地の奥に小さな屋敷が一つ、在《あ》ったのである。

松永弥四郎は、半刻《はんとき》（一時間）ほど、路地口を見張っていたが、

「あまり、むりをいたすな。行先を突きとめたのみで充分じゃ」

と、長官にいわれていたので、引き返すことにした。

その前に、件《くだん》の屋敷がだれのものかを突きとめねばならぬ。

そこで松永は、程近い妻恋坂《つまこいざか》にある絵師・石田竹仙《いしだちくせん》の家を訪ねた。

石田竹仙は今度の事件で、牢内で急死した浦田《うらた》浪人や、自害をとげたお浜の人相《にんそう》を描《か》きとってくれている。

かねて盗賊改方へ出入りをしている竹仙なら、松永も安心であった。

さいわいに石田竹仙は、路地奥の屋敷について知るところがあった。

「何でも、以前は表御番医師をつとめておられた吉野道伯《よしのどうはく》というお方の御屋敷と聞いています」

「ほう……」

表御番医師は、幕府の医官である。

長谷川平蔵が、亡父の代から親交が深い井上立泉《いのうえりゅうせん》老も、現役の御番医師で二百俵の扶持《ふち》をもらっている。

幕府の医官ともなれば、その権威も大きく、幕命によって諸大名家の治療にも当るし、病人が全快した場合の礼金などは莫大《ばくだい》なものだそうな。

往診料の高も、庶民のおもいもつかぬほどの大きさなのだが、井上立泉は、まったく欲《よく》のない医官で、その人柄ゆえ、平蔵の亡父・長谷川宣雄も敬愛してやまなかったのであろう。

ところで……。

吉野道伯は数年前に幕府医官を辞し、隠居の明け暮れに入ったが、

「それでも、時折は、大名や武家方から迎えの駕籠が来て、診察《みたて》に出向くと聞いています」

と、石田竹仙は松永弥四郎に語った。

「吉野道伯と、な……」

松永同心から、すべてを聞き終えたのち、長谷川平蔵は呟《つぶや》くがごとくにいって、佐嶋と酒井を見やった。

佐嶋と酒井の眼の色も変っている。

変らざるを得ないではないか。

この事件の発端《ほったん》となった、浪人どもの駒込の権兵衛酒屋襲撃の折に、長谷川平蔵に捕えられ、役宅内の牢屋へ押込められた浪人浦田又八《うらたまたはち》が心ノ臓の発作《ほっさ》で息絶える直前に、

「よ、し、の……」

の三語を言い遺《のこ》した。

その「よしの」は、すなわち吉野道伯のことではないのか……。

四人とも、おもいは同じであった。

なればこそ、松永同心も昂奮を押えきれなかったのであろう。

「佐嶋……」

「は……？」

「いよいよ、探《さぐ》りに目鼻がつきかけてまいったな」

「かくなれば、御役宅へおもどりいただきませぬと……」

「うむ……ま、いま少し、此処にいよう」

「なれど……」

「おぬしたちには面倒をかけることになるが……」

「いえ、その事ではございませぬ」

事件が煮つまりかけてきたと看《み》た佐嶋忠介は、ぜひとも長官が役宅について、指揮をとっていただかねばならぬとおもったのだ。

千駄木に平蔵を襲った大野弁蔵たちは、

「鬼の平蔵を討ち取った」

と、おもいこんでいるにちがいない。

ゆえにこそ、平蔵は、いましばらく、

（おれは死んだことにしておきたい）

のである。

くわしい打ち合わせをおこなったのち、佐嶋と酒井は夜更けの道を清水門外の役宅へ帰って行った。

お熊は、居眠りもせずに、店の一隅で何やら物音をさせていたが、居残った松永弥四

郎へ、

「こんなものを、あがるかえ？」

蕎麦《そば》粉を熱湯で捏《こ》ねた〔そばがき〕を出したものだ。

「いただきます」

松永は腹が空《す》き切っていただけに、たちまち、平《たい》らげてしまった。

「ほう……うまそうだな」

と、平蔵。

「銕《てっ》つぁんも、あがるかえ？」

「ほしいな」

「いいとも。ちょいとお待ちよ」

「婆さん。遅くまですまぬのう」

「こんなことで、へたばるようなお熊じゃあねえよう」

婆さんの元気には、おどろくほかはない。

「七十をこえてから、すっかり丈夫になってしまい、このままずっと、死なねえような気分になっているのだよう」

「どうも、おどろいたな」

「だから銕つぁん。いくらでも、扱《こ》き使っておくれ」

独り暮しのお熊だけに、平蔵の役に立っていることがうれしくて仕方がないらしい。

与力や密偵や同心たちが、つぎつぎにあらわれることも、

「にぎやかでいいねえ」

お熊を、よろこばせている。

お熊は手早く、平蔵と松永の御代《おかわ》りのと、そばがきを二つこしらえた。

さすがに年の功《こう》で、捏ね方がまことに程よい。

きざみ葱《ねぎ》を散らし、醤油《しょうゆ》をかけまわしただけの〔そばがき〕なのだが、

「こいつを、何年ぶりに口にしたことか……」

さも、なつかしげに箸《はし》で千切って口へ運《はこ》びつつ、平蔵がいった。

「婆さん。御代りが要《い》るぞ」

お熊は、さらに忙しくなった。

同心、沢田小平次が駆けつけて来たからである。

沢田は、高橋勇次郎が襲われたことを告げに来たのだ。

「何、高橋が……」

「取りあえず、上野の仁王門前町の拝領屋敷へ運び込み、医者をよんで、手当をいたさせました」

「それで？」

「どうにか、一命は取りとめるかとおもわれます」

「あわて者めが……」

舌打ちをした平蔵が、

「曲者どもは、このわしを討った高橋の口を塞《ふさ》ぐために、消してしまおうとしたのであろう」

「さようにおもわれます」

「拝領屋敷なら、先ず、大丈夫じゃ」

そこへ、お熊がすかさず、

「沢田さん。はいよ」

そばがきを運んで来た。

「あっ……」

「何をびっくりしていなさる？」

「私は、これが大好物なのだ、婆さん」

「よかったのう」

と、平蔵が、

「これ、婆さん。お前には褒美《ほうび》を出さねえといけねえ。何がいい。のぞみのものをいってごらん」

「そんなに大きく出ていいのかえ、銕つぁん」

「いいとも。さあ、いってみろ」

すると、お熊が平蔵に流《なが》し目《め》をくれ、歯が抜け落ちた口をぱくぱくさせて、

「いっぺん、しみじみと抱いてもらいてえよう」

と、いったものだ。

むろん、冗談《じょうだん》ではあったろうが、沢田も松永も毒気《どくけ》をぬかれて、おもわず手にした箸を落してしまった。

ところが長谷川平蔵、びくともせず、

「おお、いいとも。婆さんの歯抜けの口を吸ってやろうか」

長官の、この言葉にも、若い二人の同心は仰天《ぎようてん》した。

お熊は気を悪くしたらしく、平蔵を睨《にら》みつけている。

三

翌朝。

平蔵は、またも虚無僧《こむそう》姿になって、お熊の茶屋を出た。

行先は、芝の新銭座《しんせんざ》にある表御番医師・井上立泉の屋敷だ。

桜花《はな》が咲くのは、あと半月を待たねばなるまいが、明るい朝の日ざしは、まぎれもなく春のものであった。

つい先ごろまで、背をまるめ、躰を強張《こわば》らせ、せかせかと歩いた人びとの顔が、のびやかになり、道行く人びとの足取りがゆるんでいる。

虚無僧姿の長谷川平蔵を見た、井上屋敷の医生が目をみはった。

「何ぞ、むずかしいことが起《おこ》ったようじゃな」

七十を越えて尚、矍鑠《かくしゃく》としている井上立泉も、変装の平蔵を居間へ招《しょう》じると、すぐにそういった。

「実は先生。死んだことになっておりますので」

「平蔵殿が……？」

「はい」

「それは一大事」

亡父・宣雄と親交が深かった井上立泉だけに、この老人の前へ出ると、平蔵も何やら少年のような気分になってしまう。

「実は、いささか、お尋《たず》ねしたいことがありましてな」

「さ、何なりと」

にこやかにうなずく立泉へ、

「以前、表御番医を相つとめおられた吉野道伯殿を、御存知で？」

「はい、存じておりますよ。その道伯殿が何ぞ？」

「つかぬことをお尋ねいたしますが、どのようなお人なので？」

「どのような……と、申されても、さて……親しく交《まじ》わったこともないのじゃが、ま、申せば、いかにも御番医らしい御番医じゃな」

こういって、井上立泉は苦笑を浮かべた。

「御番医らしい御番医……」

「さよう。なれば、裕福《ゆうふく》でござるよ」

「ははあ……」

これで、わかった。

おそらく、幕府へも大名・武家方へも、うまく取り入り、莫大《ばくだい》な礼金を得ていたことを、立泉は、ほのめかしたにちがいない。

「たしか、屋敷は本郷とか、湯島とか耳にしているが……」

「そのとおりでござる」

「それで？」

「その吉野道伯殿、医師としては、どのような……？」

「評判は、いまもよろしい。隠居したのちも、なかなかに忙しいとのことじゃ」

道伯には、吉野勝之助《よしのかつのすけ》という子がいて、これは、泉州岸和田《せんしゅうきしわだ》五万三千石の大名・岡《おか》部美濃守《べみののかみ》に仕《つか》え、江戸藩邸詰めとなっているそうな。

「うむ。そうじゃ」

井上立泉が、何やらおもいついたらしく、軽く膝《ひざ》を打ち、

「平蔵殿も御存知かとおもうが、先ごろ亡くなられた七千石の大身、渡辺丹波守様は、吉野道伯殿の腹ちがいの兄と聞きおよんでいます」

ここにいたって、平蔵の胸は高鳴りはじめた。

「さようでありましたか……」

「はい、さよう」

「しかと？」

「これは、われら御番医の、いずれもが承知していることじゃ」

大身旗本の腹ちがいの弟に医術を学《まな》ばせ、これを幕府の医官に立身させたについては、別に怪《あや》しむべき事ではない。

それは、丹波守直義の父・渡辺直幸《なおゆき》の配慮《はいりよ》だったのであろう。

おそらく、どこぞの女に生ませた吉野道伯を、わが屋敷へ入れるのを憚《はばか》るような事情があったに相違ない。

期せずして、長男の渡辺丹波守も、奥向きの女中に子を生ませ、これを旗本・永井弥兵衛の養子に入れた。これが当代の永井伊織である。

「のちに、な……」

と、井上立泉がうまそうに煙草を吸いつつ、

「のちに、道伯殿が御番医になってより、腹ちがいの兄の丹波守様と対面の事あって、以来は交誼《こうぎ》が絶えなんだと聞いています」

「さようでしたか……」

「平蔵殿。これで、何ぞ御役に立ちましたかな？」

「かたじけなく……」

平蔵は、あらためて頭を下げた。

井上立泉は好奇《こうき》に駆《か》られての、この上の問いかけをしなかった。いつの場合もそうなのである。これが平蔵にはありがたかった。

そこへ、同心の酒井祐助があらわれた。

昨夜、お熊の茶店で、打ち合わせておいたのだ。

そこで平蔵は、井上屋敷を辞去することにした。

二人は、汐留川《しおどめ》に沿った細い道をゆっくりと北へ歩みはじめた。

川をへだてた右側は、浜御殿（現・浜離宮庭園）の宏大な森であって、汐留川は江戸湾へそそいでいる。

左側は、大名家の下屋敷の塀が長々《ながなが》とつづいていて、日中でも、めったに人通りがない。

酒井からは、特別に新しい報告もなかったが、井上立泉から聞き取ったことを、平蔵が酒井へつたえると、

「これは、いよいよもって……」

酒井は、平蔵の指図《さしず》へ飛びつかんばかりに、

「いかがいたしましょう？」

「まあ、急《せ》くな」

「なれど、手遅《ておく》れになっては……」

「いまのところ、そのおそれはない。ともかくも、これで、牢内にて急死を遂《と》げた浦田浪人をはじめ、丹波守下屋敷に巣をつくっている曲者どもが、吉野道伯とつながりのあることは、先ず間ちがいのないところであろう」

「はい」

「しかも曲者どもは、このわしを殺害せんとした。笠屋の勘造を殺したのも、永井弥一郎とお浜を殺害しかけたのも、同じ曲者の仕わざと看《み》てよい」

「その蔭で、曲者どもを操《あやつ》っているのが、吉野道伯……」

「それにな、酒井。中屋幸助方へ押し入った盗賊どもは、名薬・順気剤《じゅんきざい》をも大分に盗み奪《と》って行ったそうではないか」

「そのとおりでございます」

「中屋の順気剤と、元御番医の吉野道伯。どうじゃ、匂《にお》わぬか？」

「あっ……」

酒井祐助が、おもわず低く叫んだ。

さすがの酒井も、いや、佐嶋忠介さえも、そこへ気がついてはいなかった。

「こ、これは……」

「ま、落ちつけ。いまは何事も、これと決め込んではならぬぞ。佐嶋にも、さように申しておけ。よいか、よいな」

「は、はい」

「これらのことの一つ一つが、はっきりとするまでは、辛抱《しんぼう》をして探《さぐ》りをつづけなくてはならぬ。役宅へ急ぎもどり、わしがさように申していたと佐嶋へつたえておくがよい」

「今日は、御役宅へお帰りではございませぬので？」

「うむ。何ぞ起ったときは、お熊の茶店へ知らせてくれ。わしは、たぶん、日暮れまでにはもどっていよう」

「承知いたしました」

「昨夜、打ち合わせたごとく、手配《てくば》りに抜《ぬ》かりはないな？」

「大丈夫でございます」

江戸湾の汐《しお》の香が、あたりに濃くただよっている。

平蔵は、盗賊改方に就任して間もなく、金ずくで殺人を引き受ける浪人・金子半四郎の凄《すさ》まじい暗殺剣（暗剣白梅香事件）を、いま歩んでいるこの道で受けたものだ。

（あの夜も、立泉先生を訪ねての帰り途《みち》であった……）

ふと、おもい出したのが何かの連想《れんそう》をよんだらしく、平蔵が酒井へ、

「婆さんに、安心しておれと、つたえておいてくれ」

「婆さん、と、おおせられますのは？」

「役宅にいる婆さんじゃ。わしの古女房のことよ」

「これは、どうも……」

久栄《ひさえ》も、四十をこえた夫の平蔵が、血なまぐさい事件に関《かか》わり合う明け暮れが辛くなっているらしい。おもてには出さぬが、平蔵にはよくわかる。

「たがいに、年をとったゆえ、な……」

懐中から、金を出して酒井へわたし、

「帰り途に、昌平橋・北詰の近江屋という菓子舗《みせ》へ立ち寄り、羽衣煎餅《はごろもせんべい》という薄焼《うすやき》の砂糖《さとう》煎餅を一包み買って、久栄へわたしてくれ。さすれば、わしが無事でいると、婆さんの気も安まろうよ」

「しかと、うけたまわりました」

「回り道になる。駕籠《かご》を拾《ひろ》って行け。よいか」

「はい」

「よし、行け」

近江屋の羽衣煎餅は、むかしから、久栄の大好物なのだ。

そういえば、あの殺人鬼・金子半四郎の探索をしていたときも、近江屋へ立ち寄った平蔵が、近江屋の女房の髪の香油の匂いから、手がかりをつかんだのであった。

芝口の方へ走り去る酒井祐助を見送ったのち、長谷川平蔵は道に佇《たたず》み、浜御殿の深い木立をながめやった。

そして、

(もう、よいかげんに、この御役目を辞《や》めたいものだ……)

深いためいきを吐《は》いたのである。

四

入谷田圃の外れの、渡辺丹波守下屋敷から、大野弁蔵以下三人の浪人が、密かに外出《そとで》をはじめるようになったのは、平蔵が井上立泉を訪問してから三日ほど後のことであった。

高橋勇次郎を襲った三人の浪人は、

「別の巣《す》にいる……」

と、看てよい。

何故なら、高橋が襲われた夜には、まだ大野たちは丹波守下屋敷に引きこもっていたからだ。これは盗賊改方の見張りによって、たしかめられている。

大野弁蔵は、先ず、茅町二丁目の飯屋・三州《さんしゅう》屋を探りに出かけた。

これを、松永同心と密偵の由松が尾行した。

高橋勇次郎の襲撃が失敗したことを、大野は知っているらしい。

あれから、一度、何処からか使いの者が丹波守下屋敷へあらわれた。

この男は何処かの屋敷の小者の風体《ふうてい》であった。こやつも下屋敷から帰るところを尾行し、行先をつきとめてある。

小者は、吉野道伯の屋敷へもどって行った。

「おそらく、道伯の手紙を、下屋敷の浪人どもへ届けたに相違ない」

と、平蔵はいった。

その手紙を見て、大野弁蔵がうごきはじめた。手紙の内容は、高橋勇次郎暗殺の失敗に関するものだったのではないか……。

編笠に顔を隠《かく》し、三州屋の前まで来た大野は、しかし、以前のように「高橋はいるか」と、声をかけて中へ入っては行かなかった。

これは、高橋抹殺《まっさつ》に失敗したのだから、当然であろう。

むろん、高橋が三州屋の二階で傷養生《きずようじょう》をしているようなら、権兵衛酒屋や笠屋の勘造を襲ったように、有無《うむ》をいわせず三州屋へ押し込むつもりであったろう。

ところが高橋は、拝領屋敷から密かに火盗《かとう》改方の役宅へ移され、保護を受けているのだから、大野の目にとまるはずもない。

この日の大野弁蔵は羽織・袴《はかま》をつけ、以前とは見ちがえるような姿となり、半日ほど、三州屋の前を行ったり来たりしていたそうな。

だが、ついに入れなかった。

三州屋の亭主や小女《こおんな》に警戒をされることをおそれたのであろう。

事実、三州屋には、相模の彦十と沢田小平次が二階に詰めており、警戒に当っていた。

これは、長谷川平蔵が、

「三州屋も襲われかねぬ。気をつけてやるがよい」

と、命じたからだ。

だから三州屋へは、もう隠してはおけなくなり、おもいきって、

「盗賊改方の探索」

であることを告げた。

老亭主の与兵衛《よへえ》は落ちついたもので、

「さようでございますか。はい、大丈夫でございますとも。うちの小女も若い者も、みんな、しっかり者でございますから、決して、気取《けど》られるようなまねはいたしません」

受け合ってくれた。

大野弁蔵は、

(高橋め、やはり、此処にはもどっていないらしい)

見きわめをつけたらしく、日暮れ前に、丹波守下屋敷へ帰って行った。

それというのも、高橋勇次郎が莫迦《ばか》でないかぎり、傷ついた身を、わざわざ危険な場所へ運ぶわけがないからだ。

あとの二人の浪人は、これも編笠に顔を隠し、わざわざ千住まで足を伸《の》ばし、飯盛り女を買い、一晩泊って下屋敷へもどったが、その遊びぶりも、

「いたって、しずかなものでございましたよ」

と、後を尾けて行った二人の密偵が報告をした。

この数日の間に、小石川七軒町の旗本・清水源兵衛の父三斎《さんさい》が、またしても駒込《こまごめ》の権兵衛酒屋を訪《おとず》れている。

いま、権兵衛酒屋に詰めているのは木村忠吾とおまさ。それに密偵の駒造である。

「この店のあるじは、まだ、もどらぬか？」

と、清水三斎が尋《き》いた。

この前、大滝の五郎蔵が「夫婦して他行中《たぎょうちゅう》でございます」と、こたえておいたからだ。

「はい。まだ、もどりませんので」

おまさが出て、そういうと、

「何処《いずこ》へ、まいったのであろう？」

「それが、よく存じませんのでございます。私どもは、ここのおかみさんから留守《るす》をたのまれただけでございまして……」

「さようか……」

「なんでも、おかみさんの親類が、どこかの田舎《いなか》なのだそうで。そこへ骨《ほね》やすめに出かけたらしゅうございます」

「ほう……骨やすめに、な」

清水三斎の老顔に、何やら、ほっとしたものが感じられた。

「さようか。ならば別条《べつじょう》あってのことではないのじゃな？」

「はい」

「ならばよし」

「何ぞ、お伝言《ことづけ》てがございましたら……」

「いやなに、かまわぬ。そのうちにまた、立ち寄ってみよう。もしも、あるじがもどったなら、ほれ、このわしのような老人《としより》が訪ねて来たと伝《つた》えておいてくれ」

「かしこまりましてございます」

このときは、帰って行く清水三斎を尾《つ》ける必要もなかった。

おまさから報告を聞いた長谷川平蔵は、

「清水の隠居は、このたびの事件《こと》には関わり合いがない。ただ、むかしの友だちの身を案じているだけのことじゃ」

井関録之助が、

「清水屋敷へ、顔を出してみましょうか？」

と、いい出たのへ、

「いや、しばらくは、そのままにしておけ。いずれ、わしが出向くことになるやも知れぬ」

「あなたが……御自身で？」

「そうよ」

「では、そのとき、御案内をしましょうよ」

「いや、わし一人《いちにん》で行く」

「へえ……かまわないのですか?」

「盗賊改方・長谷川平蔵として参上するのじゃ」

「すると、清水の御隠居が、怪《あや》しいというわけですかね?」

「そうではない。血のめぐりの悪い男だな。清水の隠居が、権兵衛酒屋のあるじの過去《むかし》を知っているからだ」

「なるほど」

「それはさておき、録さん。西光寺《さいこうじ》の和尚どのへ、くれぐれもよろしく申してくれ。おれも、いずれ挨拶にまいるつもりだ」

そういったのは、自害したお浜の遺体を、西光寺の和尚が葬《ほうむ》ってくれたからだ。

「くわしいわけは知らぬが、何やら可哀相《かわいそう》な婆さんですなあ」

と、井関録之助が西光寺の和尚へ、たのんでくれたのである。

録之助は、このところ、身ぎれいな僧侶の姿で、西光寺と役宅と、三州屋の近くの正慶寺《しょうけいじ》の間を行ったり来たりしている。

長谷川平蔵は、お熊の茶店へ寝泊りをするようになってから五日目に、清水門外の役宅へもどった。

いうまでもなく、密かにもどったのである。

お熊は、がっかりして、

「そんなに、てめえの女房がいいのかよ」

などと、毒づいた。

盗賊改方の長官へ、このような口をきけるのは、先ず、お熊のみといってよい。

若いころの平蔵の無頼暮しを知っている相模《さがみ》の彦十でさえ、いまは少しずつ言葉づかいが、ちがってきている。

平蔵が役宅へもどった翌日の午後になって、渡辺丹波守と永井伊織両家へ出入りの商家を探っていた同心・小柳安五郎と大滝の五郎蔵の報告が入った。

だれにも悟られぬようにして、このことを探り取るのは、なかなかにむずかしい。

二人とも、大分に苦労をしたらしい。

しかし、その甲斐《かい》があったというものだ。

二人の報告は、長谷川平蔵を満足させるに充分であった。

五

薬種舗の中屋幸助が、渡辺・永井の両家へ出入りをしていたことは、すでにわかっている。

これは、永井伊織のむすめが大病にかかり、順気剤のことを医者から聞き、永井家が中屋へたのんだものか……。

そして、永井のむすめが全快したことを、渡辺丹波守が耳にし、自分の重病にも順気剤をつかってみることにしたのであろう。

この間に、腹ちがいの弟である吉野道伯の意見も聞いているにちがいない。

また、六百石の旗本・永井伊織が大枚《たいまい》の薬代を二年にわたって惜しみなく使えたのも、渡辺丹波守の援助《えんじょ》があったからではないか……。

丹波守は伊織の実父なのだ。

ところで……。

永井伊織のほうは、中屋をのぞいて、それほど大きな商家が出入りをしているわけではない。

それに引きかえ、七千石の大身である渡辺丹波守の屋敷ともなると、小間物・文房具・菓子舗・呉服など、それぞれ、江戸市中でも名の通った店が出入りをゆるされていることがわかった。

そのすべてが判明《はんめい》したわけではないけれども、小柳安五郎と大滝の五郎蔵を、はっとさせたのは、麴町《こうじまち》八丁目の高級小間物舗・平松屋宗七《ひらまつやそうしち》が、ふくまれていたからだ。

もっとも、いまは別の小間物舗が出入りをしている。

平松屋が渡辺屋敷へ出入りをしていたのは、一昨年の秋までなのである。

その一昨年の秋に、平松屋宗七方へ兇賊《きょうぞく》どもが押し込み、家族・奉公人を合わせて二十名ほどを惨殺《ざんさつ》し、金品を奪《うば》って逃走している。

このときも皆殺しの残虐《ざんぎゃく》さで、ために、いまもって盗賊改方でも、手がかりがつかめていないのだ。

「ふうむ……あの平松屋が、渡辺丹波守屋敷へ出入りをしていたのか……」

長谷川平蔵の眼の色は平静であったが、顳顬《こめかみ》のあたりがひくひくとうごきはじめた。

これは、平蔵の胸中をあきらかにものがたっている。

平蔵の側《そば》で、小柳と五郎蔵の報告を聞いていた佐嶋忠介が、

「これは丹波守様御出入りの商家《みせ》を一つ一つ、洗って見なくてはなりませぬな」

「いかにも」

強くうなずいた平蔵が、

「小柳。五郎蔵」

「はい」

「もはや、ためらっているときではない。小さな店はよいが、これぞとおもわれる大店《おおだな》を調べあげてくれ。なれど、これはどこまでも盗賊改方の探りであることを隠しておくが方針《たてまえ》じゃ。そのことをのみこんだ上で、少々、相手方に怪しまれようともかまわぬ」

「心得ましてございます」

小柳と五郎蔵は、平松屋のほかにも数店を、探り出しつつあった。

これは、いまも渡辺屋敷へ出入りをしているのだ。

「佐嶋。小柳と五郎蔵の下へ、手を増やしてつかわせ」

「はっ」

「そうじゃ。島田も、その中へ加《くわ》えるがよい」

「承知いたしました」

同心・島田慶太郎は、お浜の自害の責任《せめ》を負いながらも、いまは懸命に、中屋幸助方の近辺《きんぺん》を聞き込みにまわっている。

一時は、自殺を決意したようだが、長官はじめ、与力・同心たちの激励《げきれい》によって、島田は気を取り直したようだ。

小柳・五郎蔵と共に、いったん、居間を出て行った佐嶋忠介が手配をすませ、ふたたび、もどって来た。

「これは、容易《ようい》ならぬことになりましてございます」

「うむ……」

「盗賊どもは、つぎの押し込み先へ、目をつけておりましょうか？」

「そうおもわねばなるまい。やつどもは、まだ、わしが死んだとおもうていよう」

「はい」

「高橋勇次郎の一件をのぞいては、やつどもが気遅れをする何物もない。われらが此処まで探りをすすめていることにも気づいてはいまい。どうじゃ？」

「そのとおりにございます」

「ただ、これより先のことに気をつけねばならぬ。いささかでも、やつどもに気づかれたなら、これまでの苦労が水の泡《あわ》となってしまうぞ」

「はい」

「吉野道伯屋敷へは、見張りが出ているのか?」

「出してはおりますが、何分、まわりは武家屋敷のみにて、見張り所を設《もう》けることもできず、まことにもってむずかしゅうございます」

「よし。吉野道伯方の見張りは引きあげさせるがよい。そのかわり、入谷の丹波守下屋敷の見張りに念を入れよ」

「はっ」

六

三日後になって、渡辺丹波守屋敷へ出入りの商家の大半が判明した。

その中で、長谷川平蔵が、

(これぞ……)

と、おもった商家が二店あった。

一は、麹町七丁目の呉服《ごふく》・太物所《ふとものどころ》〔伊勢屋藤兵衛《いせやとうべえ》〕だ。

いま一つは、京橋新両替町《しんりょうがえちょう》二丁目の菓子舗〔加賀屋吉久《かがやよしひさ》〕である。

伊勢屋も加賀屋も、大名家への出入りをゆるされているほどの老舗《しにせ》で、裕福《ゆうふく》ではあるが、店構えもさほどに大きくはなく、たくさんの奉公人がいるわけでもない。

念を入れた飛びきりのよい品に、飛びきりの高い価《あたい》をつけて商《あきな》いをするのである。

これまでの、中屋と平松屋の犯行から推してみても、伊勢屋と加賀屋は、

(かの盗賊どもにとって、恰好《かっこう》の餌食《えじき》……)

と、平蔵にはおもわれた。

「佐嶋。その加賀屋と伊勢屋に見張り所を設けよ」

「かしこまりました」

佐嶋は、すぐさま手配に取りかかった。

こうなると、いかにも手不足《てぶそく》となる。

探索の範囲《はんい》がさらにひろがって、見張りにも骨が折れるし、さりとて、この事件のみへ関わり合っているわけにはまいらぬ。

得てして、こういうときほど、他の事件が起るものなのだ。

ゆえに、市中の見廻りも、

「等閑《なおざり》にすることはできぬ」

このことであった。

与力も同心も、睡眠《すいみん》以外の休みを返上し、総動員で事に当ることになった。

しかも、そうした物々《ものもの》しい気配《けはい》を外に気取られてはならぬ。

二日、三日と、日が過ぎて行った。

桜花も咲きはじめたが、盗賊改方にとっては、それどころではない。

この間に、丹波守下屋敷にいる三人の浪人が外へ出ることもないではなかったが、大野弁蔵をのぞいては、例によって、千住まで女を抱きに行くだけのことだ。

大野は茅町の三州屋へ、また出かけて行ったが中へは入らぬ。高橋勇次郎が帰って来たかどうかを探ろうとしたのであろう。

高橋は役宅内の、お浜が自害をした土蔵傍《どぞうわき》の一間で傷の手当を受けているが、命に別条はないとしても、なかなかの重傷であった。

大野弁蔵は、下谷町二丁目の岡場所をも徘徊《はいかい》した。

〔みよしや〕の前をも二度三度と行ったり来たりしたが、ついに入らなかった。

〔みよしや〕のおよねの客となり、それとなく、高橋勇次郎について聞き込みをするつもりでいたにちがいないが、

(やはり、危い……)

おもい直したのであろう。

ともかくも、高橋は生きているのだ。

生きている以上、高橋の口から、どのような事が他へ洩《も》れているか知れたものではない。

もっとも、高橋が奉行所なり何なりへ、届け出ることはあるまいと、曲者どもは考えているにちがいない。

そのようなことをしたら、いまを時めく盗賊改方の長谷川平蔵を、高橋が暗殺したこ

とまで、明《あか》るみに出かねないからだ……と、曲者どもは推測《すいそく》しているであろう。下谷茅町、下谷町と、大野は吉野道伯邸に近い場所を徘徊しても、決して道伯屋敷へは近づかない。

そのかわりに、道伯邸にいる件《くだん》の小者が二度ほど、丹波守下屋敷へ何やら連絡にあらわれている。

平蔵に片腕を切落された浪人は、千駄木の先の宗林寺へ助けをもとめたきり、出て来ない。

事情を知らぬ宗林寺では、この浪人の「辻斬りにやられた……」との言葉を信じ、親切に手当をしてやっているらしい。

相模の彦十が、時折、宗林寺を探りに行き、近辺のうわさから、浪人の傷所というよりも、出血多量が原因で意識不明の状態がつづいていることがわかった。

宗林寺の僧たちのはなしから、近辺の人びとも、浪人の言葉を信じ、

「このあたりに辻斬りが出るそうな。気をつけなくてはいけない」

日暮れになると、一歩も外へ出ぬようにしているそうな。

この浪人のことも、曲者どもは気にかかっていると看《み》てよい。

「佐嶋。やつどもが、わしを殺したとおもいこんでいるにせよ、当分は行動《うごき》をつつしむのではないか……」

「私も、さように心得まする」

「ふうむ……」

　長谷川平蔵も、あぐねきってしまった。

　渡辺屋敷へ出入りの伊勢屋と加賀屋へは見張り所を設け、それぞれに同心一、密偵二を詰めさせてあるが、

「いまのところ、別段に変ったことはございませぬ」

とのことだ。

　平蔵にしてみれば、ようやくに張りめぐらすことを得た糸の一筋一筋が、一丸となって行動に出るところを、

「間、髪を入れずに……」

取って押えなくてはならぬ。

　それでないと、網の目からこぼれ落ちた曲者どもが、他日、どのような悪事をはたらくか知れたものではない。

　だが、このまま日々が経過することになると、こちらの見張りの目も探りの耳も緊張の連続によって倦み疲れてしまう。

　そうした油断が、もっともこわい。

　おもいもかけぬ失敗が生じるのは、そうしたときであって、それは取りも直さず、曲者どもに、

「感づかれてしまう……」

ることになる。

大野弁蔵なり、他の浪人なりを捕えるのは、まことにたやすい。

しかし、それによって、彼らの背後に在《あ》る大根《おおね》の悪徒《あくと》へ、警戒《けいかい》と自衛《じえい》の余地《よち》をあたえることになってしまう。

さいわいに春となって、寒夜の見張りの苦労はないにせよ、たとえば、入谷の丹波守下屋敷などは、近くの寺に溜《たま》りを設けてあっても、見張りの者は依然として下屋敷前の木立へ潜《ひそ》み隠れているのである。

渡辺丹波守屋敷のほうは、亡父の跡をついだ右京亮《うきょうのすけ》直照《なおてる》を中心にして、ようやく平穏《へいおん》を取りもどしているし、吉野道伯も腹ちがいの兄の丹波守が亡きのちは、渡辺屋敷へ姿を見せぬ。

すくなくとも、いまの渡辺直照には、

「別に、うたがわしきことはないようにおもわれます」

佐嶋忠介も、そういっている。

一方、永井伊織家においても同様であった。

(それにしても、あの権兵衛酒屋のあるじは、いま、何処に隠れ住んでいるのか……)

折にふれて長谷川平蔵は、永井弥一郎の身を想う。

六百石の旗本の跡をつぎ、新御番組頭《しんごばんくみがしら》という名誉の御役目をつとめたこともあるほどの弥一郎が、奇怪《きっかい》にも、故渡辺丹波守の子で永井家へ養子に入った義弟の伊織に家をゆずりわたすかたちで、出奔《しゅっぽん》してしまった。

そしていま、老い果てた弥一郎は、江戸の外《はず》れのささやかな居酒屋の亭主に落ちぶれて、人の目を恐《おそ》れつつ、ひっそりと息をひそめて暮していたのだ。

(そうじゃ。いよいよ、おれが、清水三斎殿を訪《たず》ねる期《とき》が来たのやも知れぬな……)

奥庭へ出た平蔵は、可愛らしく咲いている山桜桃《ゆすら》の白い花に気づいた。

(いつの間に咲いたのか……)

このところ、一歩も外へ出ずにいた平蔵だけに、日に何度も奥庭をながめている。それでいて、気づかなかった。

ながめていても、こころが目に添《そ》っていなかったのであろう。

午後の、春の陽光が奥庭にみなぎりわたっている。

七

その翌朝。

「羽織、袴を……」

と、久栄《ひさえ》にいいさした長谷川平蔵が、

「いや、待て」

「いかがなされました?」

「うむ……」

食後の茶を喫《きっ》しつつ、しばらく平蔵は沈思《ちんし》していたが、

「いや、よい」

「外出《そとで》をおやめなされますか？」

「そうではない。今日も虚無僧に化《ば》けるとしよう」

羽織・袴をつけ、盗賊改方の長官として、清水三斎を訪ねようと、いままでは決めていた平蔵だが、急に気が変った。

（そのことが、果してよいかどうか……？）

を、いますこし、考えてみようとおもい直したのである。

こういうところが、捜査《そうさ》の全責任を負う平蔵にとっては、まことにむずかしい。

微妙《びみょう》なところなのだ。

清水三斎に会って、どのような結果が出るにせよ、平蔵としては影響を受けずにはいられない。

その影響が、よい結果を生むのならかまわぬが、ともすれば、迷《まよ》いかねない。

そうした経験が、これまでに何度も平蔵にはあった。

ことに捜査が、いまのように行き詰っているときほど、

（こころせねばならぬ……）

のであって、それは平蔵が、あくまでもおのれの勘《かん》のはたらきに期待をかけているからであろう。

その勘のはたらきを、曇《くも》らせてはならぬための気くばりなのだ。

やがて、虚無僧姿となった長谷川平蔵は、役宅の裏門から、そっと外へ出た。

これまでに網を仕掛けた場所を、一つ一つ、

（見廻ってみよう）

と、おもいたったのだ。

先ず、丹波守下屋敷へ行ってみることにした。

それから、吉野道伯屋敷を見廻るつもりであった。

昨夜おそくなって、松永弥四郎から、

「また、吉野道伯の小者が、入谷の下屋敷へ、つなぎにあらわれました」

と、報告が入っている。

このところ下屋敷の浪人たちは、ほとんど外へ出て来ない。

それにしても、丹波守下屋敷には、渡辺家のだれが詰めているのか……。

門を開閉する小者のみは見張りの目にとらえることができるけれども、屋敷内は終日、森閑《しんかん》としずまり返っている。

見張りの者の溜りになっている入谷田圃の竜沢寺《りゅうたくじ》へは立ち寄らず、平蔵は、丹波守下屋敷の門前をのぞむ木立の中へ入って行った。

見張っていたのは同心・橋本広吉と密偵の駒造である。

「あ、これは……」

腰を浮かしかけた橋本を手で制した平蔵が、屈《かが》み込んで、

「どうじゃ？」

「昨夜のことは、御存知でございますな？」

「うむ、聞いた」

「あれからは、何のこともございません」

橋本も駒造も、交替があるとはいえ、連日の見張りに憔悴《しょうすい》しきっている。

竜沢寺では、食事や入浴の世話もしてくれているが、野外の見張りが連日つづくことは全くたまらないものなのだ。

ここ数日の間には雨も降ったし、冬がもどったかとおもわれるような冷え込みの強《きつ》い夜もあった。

だが、それよりも尚、見張りの者が憔悴するのは、やはり、倦み疲れてくるからなのである。

昨夜、役宅へ報告にあらわれた松永弥四郎も、門内へ入るや、門番をかえり見て、

「いやあ、御役宅が、こんないいところとは知らなかったよ」

と、いったそうな。

（これはやはり、事を急がねばならぬか……）

そうおもった平蔵の袖《そで》を、橋本同心が引いた。

「む……？」

「あれを……」

橋本が目顔でしめした。

下屋敷の向うから、編笠をかぶり、袴をつけた侍がひとり、あたりをうかがいつつあらわれた。

侍は、門前へ来て扉を叩き、覗《のぞ》き口《ぐち》から顔を見せた門番の小者へ何かいった。

そして、門の扉が開く寸前《すんぜん》に編笠をぬぎ、すっと中へ入った。

（あの浪人だ……）

平蔵の鋭い目は、一瞬《いっしゅん》、浪人が見せた横顔をとらえている。

権兵衛酒屋を襲った浪人のうちの一人だったのである。

「まだ見たこともないやつでございます」

ささやく橋本へうなずいて見せた平蔵が、

「松永は、竜沢寺か？」

「はい」

「此処へよべ」

「私が行ってめえります」

駒造が、木立から出て行った。

やがて、松永弥四郎が駒造と共に、木立へ入って来た。

「松永。いま、浪人が一人、入って行った」

「駒造から聞きましてございます」

「いまに、出て来るであろう」

「では、後を尾《つ》けまして……」

「うむ。これは、わしが引き受けよう」

と、平蔵が浪人を権兵衛酒屋で見たことを告げ、

「駒造を借りて行くぞ、よいな」

「はい」

半刻《はんとき》ほどして、浪人が門から出て来た。

これを、大野弁蔵が見送って出て、二人は何やらささやきかわし、編笠の浪人は立ち去った。

大野は、あたりを見廻してから門内へ消え、門の扉が閉まった。

「いますこしの辛抱《しんぼう》ゆえ、しっかりとたのむぞ」

二人の同心へいい残し、長谷川平蔵は駒造をつれて、木立から出た。

駒造の両眼が、爛々《らんらん》と光りはじめた。

平蔵と共に尾行をするということだけでも、見張り中の鬱積《うっせき》が発散されるらしい。

「これ、駒造」

「へ……？」

「お前、その野良猫《のらねこ》のような目の光を消せ」

「へ……相すみませんでございます」
「よいか、ぬかるなよ」
「合点《がってん》でございます」

汚《よご》れ道《みち》

一

大川（隅田川）が遡《さかのぼ》って西へ屈曲すれば、川の名も荒川となる。

このあたりの北岸が牛田《うしだ》村で、綾瀬《あやせ》川と大川をひかえた田地の中に、牛田の薬師堂《やくしどう》が在《あ》る。

現代《いま》の京成電車の関屋《せきや》駅（東京都・足立区）の近くで、牛田村につづいて関屋の里があり、当時、このあたりへ来ると、もう、まったくの田園風景といってよい。

その荒川をのぞむ岸辺に、木立に囲まれた寮《りょう》（別荘）があった。

篠竹《しのだけ》と木材を組み合わせた塀《へい》が三方を囲《かこ》み、南面は荒川に接してい、川から水を引き入れた水路が設《もう》けられてい、そこから小舟も出入りをするらしい。

塀ぎわには隙間《すきま》もなく木が植え込まれてい、外からでは内部の様子も窺《うかが》い知れぬ。

渡辺丹波守下屋敷から出て来た編笠の浪人は、花川戸《はなかわど》から大川橋（吾妻橋）を東へわたり、大川に沿って関屋村まで歩みつづけ、この寮へ入って行った。

門は腕木門だが、扉などは、まことに岩乗《がんじょう》な造《つく》りで、その傍《わき》の潜《くぐ》り門から浪人は中へ消えたのである。

虚無僧《こむそう》姿の長谷川平蔵と、密偵・駒造《こまぞう》の尾行《びこう》に、編笠の浪人はまったく気づかなかったらしい。

もっとも途中《とちゅう》で二、三度、振り返ったりして油断《ゆだん》をしてはいなかったが、平蔵が後《うし》ろに尾《つ》いているときは、駒造が先へまわってい、または、たがいに入れ替《かわ》っての尾行はさすがに巧妙《こうみょう》なもので、そこが一人きりの尾行とは格段にちがってくる。

「駒造。それとなく聞き込みをしてみるがよい」

「はい」

駒造は、関屋の里の百姓家をまわって、半刻（一時間）ほど後に、牛田の薬師堂で待っていた平蔵の許《もと》へもどって来た。

「どうであった？」

「長谷川様。こいつは、どうも……」

いいさした駒造の四角な顔に血がのぼっている。

「どうした？」

「持ちぬしの名を、この辺《あた》りで知っている者はございませんでしたが……何でも、江戸の、名高い医者の寮だという噂《うわさ》なのだそうで」

「江戸の、名高い医者……」

「こいつは長谷川様。湯島の吉野道伯《よしのどうはく》じゃあございませんか？」

「ふむ……」

駒造の推測に、

（先ず、狂《くる》いはあるまい）

と、平蔵は看《み》た。

「よし。引きあげよう」

「でも、あの……見張りは？」

「今日のところはよい。明日からにいたそう」

駒造をうながして、平蔵は帰途についた。

丹波守下屋敷の見張りへもどる駒造と別れ、長谷川平蔵が役宅へ帰ったとき、すでに夕闇《ゆうやみ》が濃かった。

「井関録之助《いぜきろくのすけ》は役宅にいるか？」

裏門から入った平蔵が、出迎えた同心に尋《き》いた。

「今日は、小石川の西光寺《さいこうじ》へ行っておられますが……」

「すぐに使いを出し、役宅へよべ」

「はっ」

「佐嶋忠介に、わしの居間へまいるよう」

「心得ました」

湯を浴び、着替えをすませた平蔵が居間へ入ると、すでに佐嶋与力が次の間へ控えていた。

「久栄《ひさえ》。佐嶋にも酒を……」

「はい」

「佐嶋。ま、これへまいれ」

「何ぞ、ございましたか?」

「あった」

「それは……」

おもわず膝《ひざ》を乗り出す佐嶋忠介へ、平蔵が今日の尾行の一件を語り、

「何とおもうな?」

「それは、まさに、元表御番医師・吉野道伯の別邸にちがいありませぬ」

「明日から、見張りを出さねばなるまいが、人数は少《すく》なくてよい。牛田の薬師堂は、われらの御役目をよく存じておるゆえ、見張りの溜《たま》りを設けさせてもらうがよい」

「承知いたしました」

「それから、な……」

いいさして、しばらく考えていた長谷川平蔵が、

「佐嶋。われらも舟が使えるようにしておくがよい」

「は……」

「いまのところ、急がずともよいとおもうが、たのむぞ」

「承知いたしました」

夜に入って、西光寺から井関録之助が役宅へ駆けつけて来た。

「何かあったのですか、平蔵さん。明日あたり、それとなく清水源兵衛《しみずげんべえ》を訪ねてみようかとおもいましてね。それで西光寺へ泊るつもりで……」

「そのことよ」

「え……？」

「清水屋敷へは、おれが出向こう」

「では、いよいよ……」

「うむ。そこでな、いろいろと思案《しあん》をしたのだが、これはやはり、お前さんに一緒に行ってもらおうとおもう」

「ようござんすとも。あなたのことは前々から、清水源兵衛にもはなしてあることだし……」

「おれの何をはなした？」

「自慢《じまん》ばなしですよ。あなたのようなお人に目をかけてもらっていることが、この乞食

坊主のただ一つの自慢なんだ」

「こいつめ、いつ世辞《せじ》をつかうことをおぼえた？」

「冗談《じょうだん》じゃあない。これは、本当のことです」

録之助は向《むき》になった。

「ま、よいわ。おれも莫迦《ばか》ゆえ、そういってくれるとうれしい」

「てっ……それだから、かなわない」

「どうやら清水三斎殿も、それから子息の源兵衛殿も、今度の吉野道伯や無頼浪人、それに畜生盗《ちくしょうづと》めの一件とは、まったく関《かか》わり合いがないことゆえ……」

「それは決まっていますとも」

「だから、おれも、清水の隠居に肚《はら》を打ち割ってみようとおもう」

「わかりました。あの父子《おやこ》なら大丈夫です。ことに源兵衛のほうは、平蔵さんを蔭《かげ》から敬《うやま》っていますからな」

「よせ。敬うなどというのは……」

「ですが、私がいっているわけじゃあない」

二

翌日。

長谷川平蔵は羽織・袴をきっちりと身につけ、坊主の井関録之助をつれて役宅を出て行った。

この日も、あらかじめ密偵を出し、役宅の周辺を見張らせておいて、裏門から密《ひそ》かに出た。

というのは、おそらく、まだ、曲者どもは平蔵が高橋勇次郎の刃《やいば》に殪《たお》れたとおもい込んでいるだろうからだ。

また、事件の当初、平蔵に捕えられ、役宅の牢内で急死してしまった浦田浪人についても、曲者どもは、

「平蔵に斬殺された……」

と、おもっているにちがいない。

何となれば、もしも浦田が捕えられて、すべてを白状《はくじよう》におよんでいるとしたら、これほど長い間、盗賊改方《あらためかた》が、

「黙っているはずはない……」

からだ。

千駄木で、平蔵に右腕を切り落され、近くの宗林寺へ逃げ込み半死半生となっている浪人についても、略《ほぼ》、同じような見方をしているのではあるまいか。

さて……。

平蔵と録之助が、小石川・七軒町の清水屋敷へ到着したのは昼すぎであった。

六百石の旗本・清水源兵衛貞徳《さだのり》は、四百石の長谷川平蔵より格が上ということになる。

しかし、剣術の友だちとはうれしいもので、

「おれだよ、井関だ」

録之助が、門番所の窓から声を投げると、

「あ、これは井関様……」

見知りの門番が、すぐさま傍門《わき》を開けた。

「殿様に、うかがっておくれ」

「しばらく、お待ちを……」

駆け去った門番が、すぐにもどって来た。

そのうしろから家来がついて来て、録之助と平蔵を、書院へ案内した。

「おお、録どのか。待っていたぞ」

気やすげにあらわれた清水源兵衛が、平蔵を見て、

「録どの。このお方は？」

「突然に参上いたし、無礼の段は、おゆるし下され」

録之助が口を切る前に、平蔵が両手をつき、

「火付盗賊改方、長谷川平蔵にござる」

丁重《ていちょう》に挨拶《あいさつ》をするや、清水源兵衛が、

「あっ……」

低く叫んで、これも両手をつき、

「これは、これは、恐れ入ってござる。それがし、清水源兵衛にござる」

深ぶかと頭を垂《た》れた。

源兵衛は、長谷川平蔵を四百石の旗本としてよりも、高杉一刀流の名手として……さらに盗賊改方の長官として、蔭《かげ》ながら敬慕《けいぼ》してやまない。

井関録之助から、平蔵の人柄と活躍を耳にしているだけに、

「これ、録どの。何故、前もって知らせてはくれなんだ。さすれば、おもてなしの仕様《しよう》もあろうに……」

うらめしげにいった。

「いや、まあ……そういいなさるな」

録之助はぺろりと舌を出したが、

「実はな、源兵衛さん。何としても、ちか、ちからになってもらわねばならぬので、突然ながら、参上したのだ」

「ちからになれと、は……？」

「こちらのお方の、ちか、ちからになってもらいたい」

「長谷川殿の……？」

「さようでござる。ぜひとも、折入っておたのみいたしたい」

「何なりと、申しつけられたい」

と、清水源兵衛は、やや昂奮《こうふん》の面《おも》もちで膝《ひざ》を乗り出した。

そこで平蔵が、事件の経過《けいか》をかいつまんで語るにつれ、見る見る清水源兵衛の顔色が変ってきた。

これは、源兵衛が事件そのものに関《かか》わり合っていたからではない。

父の三斎《さんさい》が、権兵衛酒屋の亭主に落ちぶれていた永井弥一郎を訪ねていたことを、はじめて知ったからであろう。

いつであったか、三斎が「道で、弥一郎に出会うてな……」と洩《も》らしたことはあるが、それ以上のことを源兵衛は知りもせぬし、三斎も語ろうとはしなかった。

清水源兵衛としては、気にもとめなかったことが、恐ろしい事件と関わり合っているのを知り、おどろいたのだ。

「ま、まさか、父が……？」

「いや、御父上は、ただ永井弥一郎のみに関《かか》わっておられるのでありましょう」

と、平蔵が微笑を浮かべて源兵衛をおちつかせ、

「私が今日、まかり出ましたのは、御父上にむかしの永井弥一郎について、お聞かせ願いたく存じたのでござる。いかがなものでありましょうか？」

「承知つかまつった。すぐさま、このよしを父へつたえましょう」

「おさしつかえはござるまいか？」

「何の、かまいませぬ。しばらく、お待ちを……」

すぐさま、清水源兵衛は書院を出て行った。

「どうです、平蔵さん」

にやりとして録之助がいう。

「何が、どうだというのじゃ」

「あの源兵衛の顔をごらんになりましたか。あいつ、あなたがおいでなすったので、気が昂《たか》ぶって眼の色が変っている。うれしくてたまらぬらしい」

「これ、録」

「はあ……？」

「すこしはお前、坊主らしい口のききようをしたらどうだ」

「坊主らしくありませんかね」

「だれが見ても、な」

「ですが平蔵さん。何だか、うまく行きそうではありませんか」

「ここの御隠居が、おれを信頼してくれるか、どうかじゃ」

かなり長い間、清水源兵衛はもどって来なかった。この間に、正装の侍女があらわれ茶菓を替えた。

行きとどいたことではある。

そして、ついに、清水三斎が源兵衛と共に書院へあらわれたのである。

長谷川平蔵は、折目《おりめ》正しい挨拶をした。

三斎も丁重《ていちょう》に、これを受けたが、顔色《がんしょく》が蒼《あお》ざめてい、

「ただいま、倅《せがれ》よりうけたまわり、おどろき入り申した」

そういった声に、さすがに乱れはない。

「突然に、まかり出《い》で、おさわがせを……」

「いやなに、長谷川殿。うけたまわって、いまこそ納得《なっとく》が行き申した。というても、いまの永井弥一郎については、何も存じませぬ。ただ、あのように人目《ひとめ》を避《さ》けて暮していたことが、おぼろげながらわかってまいったにすぎませぬ」

「では、駒込の権兵衛酒屋の亭主が、永井弥一郎であることに間ちがいはありませぬな」

と、平蔵は念を入れた。

「まさに……」

清水三斎がうなずき、深いためいきを吐《は》いた。

「では、六百石をいただき、新御番までつとめた永井弥一郎について、おはなし下されましょうや？」

「おはなし申す。それがしの知るかぎりのことを……」

平蔵は、まだ、渡辺丹波守や吉野道伯については語っていない。

「この老齢《とし》になってしもうては、心をゆるした友と申すべきものは、永井弥一郎一人《いちにん》になってしまい申した。それにしても、あれほどの男が、どうしてまた、あのような事を仕出かしたものか、いまもって不審《ふしん》に堪《た》えませぬ」

語り出した清水三斎の眼が、見る見る潤《うる》みかかってきている。

三

「さよう、かれこれ二十年も前になりましょうかな。弥一郎も、それがしも共に御役を下《さが》り、小普請《こぶしん》入りをして……たしか、その翌々年《よくよくねん》の春であったかと存ずるが、突然、弥一郎より呼び出しがかかりましてのう」

と、清水三斎が語りはじめた。

外神田の八名川町《やながわちょう》にある船宿《ふなやど》〔巴屋《ともえや》〕の若い者が、永井弥一郎の手紙を清水屋敷へ届けて来たのである。

それは、まぎれもない永井弥一郎の筆で、

「急ぎ、お目にかかりたし」

と、簡略にしたためてあるのみであったが、

（これは、尋常のことではない……）

清水三斎は、すぐさま身仕度をととのえ、単身、巴屋へ向った。

共に仲よく御役目に就いていたころの永井弥一郎は、まことに実直な人柄であり、六百石の旗本として、軽《かる》がるしく船宿などから呼び出しをかけるような人物ではなかったからだ。

「そのころ、半年ほど、弥一郎に会うておらなんだが……その間、何やら弥一郎の身に

異変が起ったのでござろう」

三斎は、遠い彼方を見つめる眼《まな》ざしになった。

三斎が、その船宿へ駆けつけてみると、弥一郎は二階の奥の小座敷に、つくねんとして三斎があらわれるのを待っていた。

三斎は、先ず、その弥一郎の憔悴《しょうすい》ぶりに目をみはった。

「蒼《あお》ざめて、痩《や》せおとろえ、半年前の弥一郎とは別人のごとく見え申した」

「それで、いかが相なりましたか?」

と、長谷川平蔵も、おもわず固唾《かたず》をのんだ。

そのとき、清水三斎が、

「弥一郎殿。どうなされた?」

問いかけたのへ、永井弥一郎は、

「もはや、二度と会えまいと存じ、そこもとだけには一目《ひとめ》、会いたいものと存じ、まことに無礼《ぶれい》な呼び出しを……」

「二度と会えぬ……そりゃ、また、何として?」

「お訊《き》き下さるな」

「いや、訊かずにはいられぬ」

「ま、それよりも、先ず……」

手を打って弥一郎が女中を呼び、酒肴《しゅこう》を運《はこ》ばせた。

それから黙然として酒を酌《く》みかわしたわけだが、ついに弥一郎は、くわしい事情を語ろうとはしなかった。

しかし、帰りぎわになって清水三斎が、たまりかねて声を荒《あら》らげ、問いつめたとき、永井弥一郎は、はじめて寂しげな笑いを浮かべ、

「実は、女のために、身をあやまり、取り返しのつかぬことをいたしてしまった……」

と、いったそうである。

「何、女のためにと申しましたか？」

と、平蔵。

「さよう」

「ふうむ……」

「その女とのことが、表沙汰《おもてざた》になるときは、おのれも罪《とが》を受くるは当然にて、永井の家も取り潰《つぶ》されてしまうことは、火を見るよりもあきらかじゃと、……」

「弥一郎が、さように申しましたか？」

「たしかに……」

清水三斎は、それと聞いて黙ってはいられず、くわしい事情を打ち明けてくれ、自分も何とかちからをつくしたいといい出した。

すると、永井弥一郎は、

「いや、お気にかけられるな」

「かけるなといわれても、かけぬわけにはまいらぬではないか」

「ただ、それがしは、清水殿のお顔を見ればよい。これより先、たとえ生きてあっても、この恥ずかしい面《つら》を世間《せけん》へ曝《さら》すつもりは毛頭《もうとう》ない。それゆえ、こうして……」

「すると、そこもとは、何処かへ姿を隠そうとでも?」

「隠すのではござらぬ。消えるのでござる」

「消える……」

「この腹を掻《か》っ切って、万事がおさまるなれば、わけもないこと。なれど、そうなっては、永井の家名《かめい》が打ち絶えてしまうのでござる。これは、何としても、御先祖《ごせんぞ》に対し、申しわけもないことじゃ」

弥一郎は声を振り搾《しぼ》るようにして、

「腹を切ろうにも、切れぬ。切れぬ」

と、いった。

「なれば、弥一郎殿が姿を消してしまえば、家名は残ると申されるか?」

「弟・伊織《いおり》が、それがしの跡を、継いでくれよう」

と、弥一郎が、いかにも無念《むねん》そうに顔を伏せた。

弥一郎の弟・伊織は、渡辺丹波守が若き日の過《あやま》ちによって生まれた実子であり、のちに、これを永井家の養子としたことを、長谷川平蔵は若年寄・京極備前守《きょうごくびぜんのかみ》から密《ひそ》かに聞かされていたが、清水三斎は、それを知らぬらしい。

しかし、三斎も、伊織が永井家の養子であることは知っている。

そして伊織も、永井家の血筋《ちすじ》を引いているのだろうと、おもいこんでいるようであった。

これは永井弥一郎が、親友の清水三斎へも、伊織出生《しゅっしょう》の事情を洩らしていなかったからだ。

その事情は、幕府の評定所の〔秘密事項〕として、余人《よじん》の目にはふれぬようになっている。

若年寄という重職にあればこそ、京極備前守も調べを入れることができたといってよい。

「さ、それからは、いかに押しても引いても、弥一郎は口を噤《つぐ》み、歯を食いしばって、語ろうとはいたさなんだ……」

「なるほど……」

「ついには、それがしも腹が立ってまいりましてのう。無二《むに》の友じゃとおもうていたのに、これではあまりにも、俗に申す水臭《みずくさ》いことじゃと、弥一郎を大声に詰《なじ》り、席を蹴って帰ろうといたしたのでござる」

そのとき永井弥一郎が、

「清水殿」

と呼びかけ、両手を合わせ、拝《おが》むようなかたちを見せ、

「相すまぬ。相すまぬ。おゆるしあれ」

ほとばしるがごとく、いったそうな。

清水三斎は帰邸してからも、あれこれと思い悩《なや》み、翌日、おもいきって、神田の今川小路にある永井弥一郎家を訪問すると、

「あるじは急病のため、お目にかかることはできませぬ」

と、用人がいい張り、何としても奥へ通さぬ。

急病も何もあるものではない。昨日、船宿で会ったばかりではないか。

けれども、清水三斎とて同じ旗本であるから、あまりに深入りをし、却《かえ》って永井家の迷惑になってはならぬことを、よくわきまえていた。

ことに弥一郎は「女で身をあやまった……」といった。これまでにも、女ゆえに家名を失《うしな》い、自分も処刑されたり自殺したりした旗本の例を、三斎もいくつか耳にはさんでいる。

昨日の永井弥一郎は、すでに屋敷から消えていたのではあるまいか……。

「それで、あきらめましてのう。それから、しばらくして、むかし、戦国のころには永井家の主筋にあたる渡辺丹波守様が永井家のためにちからをつくされ、弥一郎の弟・伊織が六百石の家を継ぎ、今日に至ったのでござる」

その後も清水三斎は、永井弥一郎のことを絶えず気にかけていたが、行方《ゆくえ》は杳《よう》として知れなかった。

歳月が経過し、三斎は家督《かとく》を息・源兵衛にゆずり、隠居の身となったわけだが、隠居ともなれば、家来の一人もつれて自由に外出《そとで》もできる。

三斎は、老いて得た自由をたのしむことにして、時折、江戸市中の其処此処を見物に出かけることにした。江戸で生まれ育っても、しかるべき身分の当主ともなれば、気ままに外出もできぬ。三斎は隠居の身となって、はじめて物めずらしげに、江戸見物をしたわけであった。

そして、去年の夏の或日。

これも古い知り合いで、隠居の身となっている森川重右衛門を本郷の屋敷へ訪ねた帰途、駒込神明宮へ参詣《さんけい》をした。

そのとき、老いた永井弥一郎が見すぼらしい風体《ふうてい》で、何やら笊《ざる》に入ったものを小脇《こわき》に抱え、鳥居《とりい》前の小道を行く姿を清水三斎は見た。

こちらは日よけの笠をかぶってい、向うは老顔をさらしていたので、

「はじめは、まさかとおもうたなれど……いかに姿かたちが変ろうとも弥一郎の顔を見忘れるものではござらぬ。そこで、供の者を先へ帰し、そっと後から弥一郎を尾《つ》けて行ったのでござる」

これは三斎、賢明《けんめい》というべきであったろう。

声をかけてしまえば、きっと弥一郎は居所を知らせまいと看《み》たからだ。

そして弥一郎が権兵衛酒屋へ入るをたしかめておき、翌日、出直して訪《おとず》れた。

三斎は、偶然《ぐうぜん》に入った態《てい》に見せかけたわけだが、さて、弥一郎は何とおもったろう。

ともかくも、居所を知られては弥一郎とて、どうしようもなかった。

それから三度ほど、清水三斎は権兵衛酒屋を訪れたろうか。

渡辺丹波守の死去を弥一郎に告げた三斎を、長谷川平蔵の従兄・三沢仙右衛門《みさわせんえもん》が見かけたのも、そうした折のことであったのだ。

「ともかくも、弥一郎の、あまりにも変り果てた姿には、よう言葉も出ませぬ。弥一郎もまた、ほとんど口をきいてはくれず、それがしがまいっても、奇妙な女房が酒を出すのみにて、弥一郎は奥へ入ったきり、めったには出てまいらなんだ」

はじめて訪れたとき、三斎が小声で、

「しばらくじゃな……」

そういったとき、永井弥一郎は、

「いまは、この居酒屋の老爺《おやじ》の弥市《やいち》だということを、お忘れなさるな」

きびしい声で、いい返したという。

「取りつく島もない……」

とは、このことであったろう。

姿かたちのみか、永井弥一郎は人柄まで変ってしまったとしか、おもえぬ。

弥一郎にとって、二十年に近い歳月が、

（わしには、はかり知れぬもの……）

と、三斎はおもった。

弥一郎の〔弥市〕は、三斎に対して、

「二度と来るな」

とはいわなかった。

そこにはやはり、三斎との友情をなつかしむ心が残存していたのではあるまいか。

権兵衛酒屋の土間の、欅《けやき》の一枚板の大きな飯台《はんだい》で所在《しょざい》なげに盃を口にふくんでいると、奥の暗い板場《いたば》から、こちらを凝《じっ》と見つめている永井弥一郎の視線《しせん》を、清水三斎は感じ取っていたものである。

三斎も、この上、深く問いかけたりすれば、

(またしても、弥一郎は姿を隠してしまうにちがいない)

その予感があって、迂闊《うかつ》に口がきけなかった。

(何ぞ、いまの弥一郎に、わしがしてやれることはないものか……?)

おもいあぐねていたものだから、清水源兵衛も不審《ふしん》におもったのであろう。

そしてまた、急に、弥一郎の〔弥市〕と、その女房が権兵衛酒屋から消えてしまった。

留守の者（盗賊改方）が「夫婦して他行中《たぎょうちゅう》……」だというので、それを信じるよりほかはない。ないがしかし、

「何やら、不吉《ふきつ》なおもいがいたして……」

と、清水三斎は平蔵に、

「さても、さても……やはり、いまの永井弥一郎は、尋常《じんじよう》の暮しをいたしてはおらなんだのでござるな……」

「それは、まだ、しかとはわかりませぬが……」

渡辺丹波守や吉野道伯について、平蔵は打ち明けていなかったけれども、あらましの事件の内容と、弥一郎の女房お浜の凄惨《せいさん》な自害のありさまを聞きとり、清水三斎の衝撃《しようげき》は、かなり大きく強かったらしい。

長谷川平蔵は、

「突然に、おさわがせいたし、申しわけもありませぬ。おかげをもって、それがしの肚《はら》も据《す》わりましてござる」

慇懃《いんぎん》に礼をのべ、井関録之助をうながし、清水屋敷を辞《じ》したのである。

四

役宅へもどった長谷川平蔵を、新《あら》たな情報が待ちかまえていた。

渡辺丹波守屋敷へ出入りの商家のうち、平蔵が、

（これぞ……）

と、見きわめをつけた二つの商家のうちの、京橋の新両替町《りようがえ》一丁目の菓子舗・加賀屋《や》吉久方《よしひさ》へ、吉野道伯一味《いちみ》の者が、

「連絡《つなぎ》にあらわれました」

というのである。

加賀屋の銘菓「一輪牡丹《いちりんぼたん》」は、加賀・金沢百万石の太守・前田家をはじめ、徳川御三家の一、尾張大納言《おわりだいなごん》の江戸藩邸へも納《おさ》めている。

このあたりは、江戸開府以来の本通りであって、たちならぶ商舗も一流のものばかりだ。

盗賊改方では、加賀屋と大通りをへだてた真向《まむか》いに住む仏師《ぶつし》・平山幸甫《ひらやまこうほ》方の二階の一間を見張り所に借り受け、ここに同心の島田慶太郎《しまだけいたろう》と密偵の仁三郎《にさぶろう》を配置しておいた。

お浜の自害に気づかなかった島田同心は、その後も長官が以前と変ることなく、はたらかせてくれるので、いまは、ようやくに自己《おのれ》を責めて苦悩することもなくなったらしい。

ところで、この日の朝。

前日、長谷川平蔵と密偵の駒造が突きとめた関屋村の寮を見張るために、与力《よりき》・佐々木徳五郎が、同心・山口平吉《やまぐちへいきち》と、駒造・鶴次郎《つるじろう》の密偵ふたりをつれ、役宅を出た。

関屋村へ着くや、佐々木と山口は、一応、件《くだん》の寮を見とどけた上で、平蔵の指図《さしず》どおりに牛田の薬師堂へ見張り所の溜りを設《もう》けるため、そちらへまわった。

牛田の薬師堂では、おそらく盗賊改方のたのみを承知してくれよう。それなれば平蔵は見張りの人員を、もっと増《ふ》やすつもりであった。

で……佐々木と山口が薬師堂へおもむいた後で、駒造と鶴次郎は、それとなく、寮の周辺を見廻った。

二人とも百姓姿であった。

するとどうだ。

ちょうど寮の潜り門が開き、中年の町人ふうの男が外へ出て来たではないか。

木蔭から、これを見つけた駒造が、

「おい、鶴。妙なのが出て来やがった。おれが後を尾《つ》ける。お前はすぐに、このよしを佐々木の旦那へつたえておけ」

いい置いて、すぐさま、尾行にかかった。

大川を東へわたるまでは、人通りも少い場所だけに骨が折れたけれども、江戸市中へ入ってしまえば、駒造の巧妙な尾行に相手が気づくはずはない。

何と、こやつが、京橋の加賀屋へ連絡に来たのだ。

この男は京橋をわたって左へ曲がり、三十間堀《さんじっけんぼり》の川岸の道を、ぶらぶらと行ったり来たりしはじめたものである。

加賀屋方を盗賊改方が見張っていることは、すでに駒造の耳へも入っているだけに、

(ははあ……こいつは……)

駒造の胸が騒《さわ》いだ。

そのうちに、新両替町一丁目と二丁目の境いの道から、これも中年の女があらわれ、紀伊国橋《きのくにばし》のたもとへ立った。

それと見て件《くだん》の男が近寄ると、女は何やら二言《ふたこと》三言《みこと》ささやき、小さな結《むす》び文《ぶみ》のようなものを男へ手わたし、さっさと身を返し、もと来た道へ引き返して行く。

人通りが少くない川岸の道だけに、この二人のしたことは、人の目にとまるようなものではない。

だが、駒造は、河岸地に積みあげられた材木《ざいもく》の蔭から、はっきりと見とどけてしまった。

(ええ、畜生め。こんなときに一人じゃあ、どうにもならねえ)

念を入れるなら、男と女の両方を尾《つ》けなくてはならぬ。男が関屋村の寮へ帰るのならよいが、他の場所へまわることも充分に考えられるからだ。

しかし、この場合は、先ず、女の行先きを見とどけねばならぬ。

駒造は、

(女め、加賀屋から出て来やがったな……)

と感じたが、果して、そのとおりであった。

女は、加賀屋の裏手の板塀の潜り戸を開け、中へ消えたのである。

(引き込みにちげえねえ。加賀屋の女中になって入り込んだのだ)

この裏手から出たのでは、表通りをへだてて見張っている仏師の二階の島田同心と仁三郎の目にはとまらぬはずだ。

「裏の方の見張りもできるようにせよ」

と、長谷川平蔵にいわれていたのだが、いまのところ手もまわらぬし、適当な見張り所も見つからなかったのだ。

駒造は、すぐさま、仏師の二階へ駆けつけ、このことを島田慶太郎へ告げた。

「そうか、それは大変だ」

島田が顔色を変えて、

「これは駒造。お前の口から御役宅へ届けてくれ。関屋村へは仁三郎をやって、このことを知らせよう」

「旦那、おひとりでかまいませんか?」

「いまのところは大丈夫だろう。御役宅から、すぐに、しかるべく手配をしてくれよう。急げ」

「へい」

島田の処置は適切《てきせつ》だったといえよう。

仏師の家を出た駒造と仁三郎は、

「しっかりたのむぜ」

「合点《がってん》だ」

右と左に別れて走り出した。

「先ず、かようなわけでございます」

と、佐嶋忠介が告げるのを聞いた長谷川平蔵が、

「よし。すぐさま手配《てくば》りをいたせ。京橋の加賀屋、関屋村の寮、丹波守下屋敷の三つのみへ的《まと》をしぼれ」

「はっ」

「それから佐嶋。昨夜も申しつけておいたことだが、御船手《おふなて》へ、これはおぬしが行き、いざともなったときの助力を願うておけ」

「心得ました」

御船手とは、幕府の用船を管理《かんり》し、海上の運輸《うんゆ》をもつかさどる役目で、四人、または五人の船手頭《ふなてがしら》（旗本）の下に同心三十人が配属されている。

すでに日も暮れかかっていた。

平蔵は居間へ入り、着替えをする間もなく筆を把《と》って、若年寄・京極備前守へあてて長い書状をしたためた。

これは、今日までの経過《けいか》を書きのべ、平蔵自身の裁量《さいりょう》をもって、

「事をはかっても、よろしゅうござりましょうや？」

と、念を入れたのである。

ほんらいならば、平蔵自身が京極屋敷へおもむかねばならぬところだが、事がさしせまってきたので長官が役宅をうごくことができなくなった。

そのことをもしたため、備前守の指図《さしず》を仰《あお》ぐことにしたのだ。

七千石と六百石の旗本と、元表御番医師をもふくむ事件だけに、平蔵としても独断《どくだん》はゆるされぬ。

書き終えた書状を、平蔵は与力の堀口忠兵衛《ほりぐちちゆうべえ》をもって京極屋敷へ届けさせることにした。

「よいか。かならず、備前守様の御返事をいただいてまいるのだぞ」

「心得ました」

堀口与力が出て行ったとおもうと、奥庭の方から、

「木村忠吾でございます」

と、声がするではないか。

奥庭に面した障子を開けると、忠吾め、庭先にべったりと坐《すわ》り込み、両手をつき、

「ただいま、交替《こうたい》をいたしまして、権兵衛酒屋からもどりましてございます」

神妙《しんみよう》にいう。

かつてないことだが、先日、権兵衛酒屋で平蔵から、ひどく叱《しか》りつけられたのを苦にして、何とか一つ、あたたかい言葉でもかけてもらいたかったのであろう。

平蔵が、にやりとして、

「これはこれは木村氏《うじ》、ごていねいなる御挨拶、いたみ入ってござる」

といったものだから、忠吾は完全に肝《きも》を冷やしてしまい、顔があげられなくなってしまった。

「どうした、木村氏……」

「は……」

「庭の土に酒でも滓《こぼ》れているのか。それとも餡《あん》ころ餅《もち》でも落ちているのか。何もそう、むきになって土のにおいを嗅《か》ぐこともあるまい」

「う……」

「それとも犬になったか？」

「と、とんでもない」

「忠吾。使いに行ってくれ」

「はっ」

よみがえったように顔をあげた木村忠吾へ、

「ほれ、思案橋《しあんばし》のたもとの船宿《ふなやど》にいる船頭《せんどう》の友五郎《ともごろう》な……」

「はいっ」

「あの爺《とっ》つぁんを、役宅へ連れて来てくれ」

「かしこまりました」

「疲れていようが、たのむぞ」

「ははっ」

久しぶりに長官《おかしら》から、やさしい言葉をかけられ、忠吾はよろこび勇《いさ》んで役宅を飛び出して行った。

思案橋の船宿は、いま事件の渦中《かちゅう》にある菓子舗と同じ加賀やだ。

そこにいる老船頭の友五郎は、むかし、浜崎《はまざき》の友蔵《ともぞう》という盗賊で、

「いまの盗人《ぬすっと》はだらしがねえ」

とばかり、盗《つと》めの世界から足を洗ったにもかかわらず、大胆にも盗賊改方の役宅へ潜《せん》入《にゅう》し、眠っている長谷川平蔵の枕元《まくらもと》から愛用の銀煙管《ぎんぎせる》を、まんまと盗み奪《と》って行ったほどのやつで、そのときの顚末《てんまつ》は〔大川《おおかわ》の隠居《いんきょ》〕の一篇に書いておいた。

その後も友五郎は、船頭をしながら平蔵のために、何かとはたらいてくれている。

忠吾が友五郎を連れて役宅へ引き返して来るよりも早く、与力の堀口忠兵衛が京極屋敷から駆けもどって来た。

京極備前守高久は、長谷川平蔵へあてた短い返書で、

「おもうままに仕《し》てのけよ」

と、いってよこした。

五

翌日から、盗賊改方は、

「いささかの手ぬかりもあってはならぬ」

長谷川平蔵の指図によって、万全の構えをととのえはじめた。

三日ほどして、千駄木の宗林寺へ聞き込みに出かけた相模の彦十から、

「長谷川様に片腕を切り飛ばされた浪人は、やっぱり死んだそうでごぜえやすよ」

との知らせが入った。

この日から彦十は、

「わしの側《そば》についておれ」

平蔵にいわれて、役宅へ泊り込みになってしまった。

駒込の権兵衛酒屋へは、老密偵の馬蕗《うまぶき》の利平治《りへいじ》のみを泊らせ、木村忠吾やおまさ、その他の人数をすべて引きあげ、これを関屋村の寮の見張りへさしむけた。

この寮が、吉野道伯のものであることは、もはや明白《めいはく》だ。

道伯家にいる例の小者と頭巾の侍が、それぞれ一度ずつ出入りするのを、見張りの者がたしかめたのである。

吉野道伯邸を見張りたいのはやまやまなのだが、いかにも見張りにくい。近辺は武家屋敷のみだし、たとえ見張り所を設けることができても、やりにくいのだ。

そこで平蔵は、近くの妻恋坂《つまごいざか》に住む絵師・石田竹仙《いしだちくせん》宅へ、おまさを泊り込ませ、むりをせぬよう、それとなく目をつけさせることにした。

これには竹仙夫妻も、ちからを貸してくれることになり、それに石田竹仙は何といっても、むかしは一時なりとも、

「盗《つと》めの水を飲んだ……」

男だけに、下手《へた》なまねはすまい。

大川の堤や上野山内の桜花《はな》が咲きそろい、散りはじめるのも知らず、盗賊改方の警戒は日毎に緊密となり、

（いまこのとき、他に事件《こと》が起らねばよいが……）

長谷川平蔵は、それのみを念じつづけていた。

この間に、二度、関屋村の寮を出た中年の町人が、加賀屋の女中と連絡《つなぎ》をつけたのを、密偵たちが見とどけている。

加賀屋の裏手を、いまは見張る必要もない。

関屋村の寮と丹波守下屋敷を見張っていれば、連絡に出て行く者が、かならず目につくからだ。

平蔵は、役宅の裏手の掘割《ほりわり》へ小舟を用意させ、思案橋の船宿から呼び寄せた老船頭の友五郎を、そのまま役宅へ泊り込ませた。

友五郎も彦十と共に、平蔵の側から常時はなれぬことになったわけだ。

しかし、平蔵は役宅から一歩も出ず、江戸市中の大絵図を前に、つぎつぎに入って来る情報を受けては、しかるべく指図を下している。

「こいつは彦十どん。大捕物らしいね？」

友五郎は親しくなった相模の彦十へ、ささやいた。

「それなのによ、この御役宅で寝ころんでいるなんて、まったくどうも、長谷川様も罪なお方ではねえか」

「友五郎どん。鉄公《てっこう》は、きっと、おれなんざ爺《じじい》だから役に立たねえとおもっていやがるにちげえねえよう」

彦十は、僻《ひが》んで毒づいた。

友五郎が、目をまるくして、

「そ、その鉄公というなあ、だれだね？」

「いまの長谷川平蔵よ」

「へへえ……お前、凄《すげ》え口をきくね」

「あたりめえよ。野郎が若いときを、おらあ、よく知っているんだ。むかしは本所《ほんじょ》の鉄《てつ》とか何とかいわれて、そりゃもう手がつけられねえ暴《あば》れ馬だったのだよう」

こうなると彦十の毒口《どくぐち》は、留《と》め処《ど》がなくなってくる。

役宅内が、しだいに緊迫を増してくる中で、彦十と友五郎のみは、大台所に近い小部屋で待機《たいき》しているのみなのだ。

情況が、急に、うごきを見せはじめている。

関屋村の寮から浪人が二人出て、丹波守下屋敷へ行ったり、下屋敷のほうからは、あの大野弁蔵《おおのべんぞう》が二度ほど、寮へ出入りをした。

関屋村の寮の見張りは、なかなかにむずかしい。牛田の薬師堂の溜りから一人、二人と姿を変えて出て行き、一日に三交替も四交替もしなくてはならぬ。

それに、大川へ出る水路から、寮の小舟が出て行ったことがある。

このほうは、深川の船宿〔鶴や〕の亭主をしている古参の密偵・小房《こぶさ》の粂八《くめはち》が舟を出し、自分のところの船頭をつれて、川面《かわも》から見張ることにした。

小舟に乗って出たのは、恰幅《かっぷく》のよい侍で、羽織・袴をつけ、黒の絹頭巾《きぬずきん》をかぶったのと、いつも加賀屋へつなぎに出て行く町人と、若い船頭の三人である。

これは日暮れ近くに大川へ船を出し、大川から三ッ俣《また》へ入り、楓川《かえでがわ》を経《へ》て三十間堀川を汐留橋《しおどめばし》のあたりまで行き、引き返して、ちょうど加賀屋の女中とつなぎをつける紀伊国橋の下あたりで船をとめ、しきりに頭巾の侍があたりを見まわしたりしていたが、やがて、同じ水路を関屋村の寮へもどって行った。そのときは、すでに夜に入っていたそうな。

この水路の尾行は、小房の粂八の手柄《てがら》といってよい。

粂八は、こういった。

「これは長谷川様。押し込みが近うございますよ」

「いかにも、な……それにしても粂八。よくやってくれた」

「とんでもないことでございます」

平蔵は熟考の後に、木挽町《こびきちょう》一丁目にある堀田家（下総・佐倉十一万石）の中屋敷（別邸）へ二十名ほどの人数を待機させることにした。

この交渉には、若年寄の京極備前守を煩《わずら》わせたのである。

堀田家の中屋敷は、紀伊国橋の南詰の町家から少し入ったところにあって、いざとなったとき、ここから京橋の加賀屋吉久方までは、一気に駆けつけることができる。

「それにしても……」

と、長谷川平蔵が或夜、佐嶋忠介を居間へよび、酒の相手をさせながら、

「あの権兵衛酒屋の亭主は、いま、何処で何をしているのやら……」

「さようでございますな……」

「盗賊どものうごきは、ようやくにつかめたが、あの亭主……いや、永井弥一郎の成れの果てだけは、まだ、わしもわからぬことばかりじゃ」

「いずれにせよ、永井弥一郎夫婦は盗賊どもに関《かか》わり合いがあったわけでございましょう」

「む……それは、な」

「六百石の直参《じきさん》が、このようになるものでございましょうか？」

「さして、めずらしいことではあるまい。わしだとて、おぬしだとて、物のはずみでどうなるやも知れぬわ」

「物の、はずみ……」

「さようさ。人の世の物のはずみほど、恐ろしいものはないのだ」

この日、本所の〔五鉄《ごてつ》〕の亭主が蛤《はまぐり》をたくさんにとどけてくれたので、久栄《ひさえ》は先ず、酒と塩のみの吸物にして、膳にのぼせた。

その吸物に口をつけた平蔵が、

「春が来たのだのう」

「いえ、もはや、過《す》ぎ去ろうといたしております」

「ふむ……このような、うまいものを口にしていては、見張りの連中に後《うしろ》めたいわ」

「これは……恐れ入りました」

「ときに佐嶋。関屋村の寮には、どれほどの盗賊どもが隠れているのであろう？」

「しかとは、わかりませぬが……これは、牛込の中屋幸助方へ押し入り、畜生ばたらきをいたしたやつどもに相違ございません。となれば、少くとも二十名ほどは……」

「それに、丹波守下屋敷の浪人どもがいる」

「ともかくも、おどろき入ったことでございます」

「渡辺丹波守、永井伊織両家には、格別、変ったことがないそうじゃな？」

「はい。これは、私のみの考えでございますが……」

「申してみるがよい」

「両家の、いまの御当主方は、さして深入《ふかい》りをしてはおらぬようにおもわれます。いかがでございましょうか？」

「わしも、そのようにおもう」

そこへ久栄が、また、酒を運《はこ》んできた。

すると平蔵が、

「あ……もう要《い》らぬ」

「なれど、まだ、さほどにおすごしではございませぬ」

「いや、いつなんどき、何が起るやも知れぬゆえ、これで打《う》ち留《ど》めじゃ。彦十と友五郎へも、あまり飲ませてはならぬ。よいな」

「はい」

「あの爺《じじい》ども、すっかり退屈《たいくつ》をしているらしい。彦十などは、きっと、わしの悪口《あっこう》をいいたてているにちがいない」

丹波守下屋敷の見張りの中心となっている松永弥四郎《まつながやしろう》が、

「急げ」

と、さしむけてよこした密偵の由松《よしまつ》が役宅へ駆け込んで来たのは、このときであった。

夕暮れ前に、大野弁蔵と二人の浪人が下屋敷を出て、関屋村の吉野道伯の寮へ入ったことを、由松は平蔵に告げた。

「大野一人《いちにん》ではないのだな？」

「へい。三人いっしょでございました」

「ふうむ……」

ぱっと平蔵と佐嶋の目と目が合った。

「佐嶋……」

「今夜に押し込むのではございますまいか？」

「むだになってもかまわぬ。かねて打ち合わせおいたごとく、手配《てくば》りを急げ」

「はっ」

佐嶋与力が、居間から走り出て行った。

「久栄……久栄はおらぬか」

「はい……はい。何ぞ？」

「庭先にいる由松の腹ごしらえをしてつかわせ」

「心得ました」

「それから、わしにも、な」

「はい、はい」

「それから彦十と友五郎に、急ぎ、腹ごしらえをいたし、いつにてもはたらけるよう、仕度をいたせと申しておくがよい」

六

この夜の四ツ半（午後十一時）ごろに、関屋村の吉野道伯の寮の水路から二艘《そう》の船が大川の暗い川面《かわも》へすべり出て行った。

一は、尋常の小舟だが、一は荷物を運ぶ荷足船《にたりぶね》で、このような船が寮の中に隠されていたとはおもいがけぬことではある。

これより先、まだ日暮れ前に、一人、二人と……合わせて七人の男たちが前後して寮を出て行った。

その知らせを受け、

「それっ」

というので、牛田の薬師堂内の溜りに待機していた密偵たちが尾行を開始し、この七人が、江戸湾をのぞむ築地の鉄砲洲《てっぽうず》の船宿〔佐野屋《さのや》〕へあつまったことを突きとめた。

七人のうちの五人が浪人らしく、こやつらが寮を出たあとで、丹波守下屋敷から大野弁蔵たちが寮へ入って行ったのだ。

これらの報告が前後して、盗賊改方の役宅へとどくや、

「よし。わしは木挽町の堀田侯《こう》・中屋敷へまいる」

と長谷川平蔵が佐嶋与力にいった。

これからは、堀田家の中屋敷に在《あ》って指揮を取るというのだ。

「では、いよいよ……」

「うむ。湯島の吉野道伯屋敷を、すぐさま取り巻け。屋敷内から出て来た者は一人逃さず引っ捕《とら》えよ。その鉄砲洲の船宿の見張りも忘れるな」

「はっ」

「わしは一足先へまいる」

「後より馳《は》せつけまする」

「たのむぞ」

平蔵は、相模の彦十をつれ、友五郎の小舟で、堀田家・中屋敷へ向った。

火付盗賊改方は、この夜、総動員となった。

さて……。

夜更けて、関屋村の寮を出た二艘の船は、大川をゆっくりと下って行く。この船にも合わせて十人あまりの男たちが乗っていると見てよい。その中には、むろん、大野弁蔵もふくまれているにちがいない。

二艘の船を発見したのは、川面から舟で見張っていた小房の粂八であった。

このとき、すでに、粂八の耳へも、長谷川平蔵が堀田家の中屋敷へ移ったことが知らされている。

平蔵を送りとどけたのち、友五郎が叩《たた》き込んだ腕に物をいわせ、力漕《りきそう》して大川をさかのぼり、粂八の舟へ知らせたのである。

「いいか。気取《けど》られるなよ」

と粂八が船頭の勇次《ゆうじ》にいった。

粂八の舟は、曲者どもの船より先行している。

月も星もない曇った夜で、生暖い闇が川面を抱きすくめている。

粂八は、船行燈《ふなあんどん》を消した。

二艘の船も灯《あか》りをつけていない。日中は大小の船が行き交《か》う大川も、この時刻になると、まったく船影《ふなかげ》が絶えてしまう。

曲者どもの船が三ツ俣《また》へ入るのを後ろに見て、小房の粂八は肚《はら》を決め、

「よし。かまわねえから、三十間堀へ急げ」

と、船頭にいった。

三ツ俣とは、大川へ架《か》かる新大橋のあたりで、川水が三方に別れるため、この名があった。

堀田屋敷の長谷川平蔵へ、粂八の報告が入る少し前に、鉄砲洲の船宿にあつまっていた七人の盗賊も、闇にまぎれて、こちらへ近づきつつあるという知らせが入っていた。

「よし。では佐嶋」

「はっ」

佐嶋忠介の指揮で、中屋敷内に待機していた盗賊改方が、ひそかに出動して行く。

平蔵と前後して、新《あら》たな人数が加わり、合わせて四十余名の捕方《とりかた》となっていた。

「忠吾は、湯島の吉野屋敷を取り巻いている捕方へ、すぐさま、打ち込めとつたえろ」

「はっ」

木村忠吾が飛び出して行く。

「粂八は、いま一度、船で引き返し、見張ってくれ。彦十もいっしょだ」

てきぱきと指令をあたえたのち、長谷川平蔵は堀田家の人びとへ、

「まことにもって、御世話《おせわ》をかけ申した。いずれあらためて、御礼を申しあげまする」

丁重に挨拶をし、ただ一人で、屋敷を出て行ったのである。

平蔵は陣笠をかぶり、馬乗袴《うまのりばかま》に打裂羽織《ぶっさきばおり》をつけ、手には赤樫《あかがし》の、無反《むぞり》の木太刀をつ

かんでいた。

ときに、九ツ半（午前一時）ごろであったろう。

二艘の船を、京橋川の中ノ橋下に着けて陸《おか》へあがった盗賊どもと、鉄砲洲の船宿からやって来た連中と、合わせて二十名が、菓子舗・加賀屋吉久の裏へあつまり、塀の潜り戸を叩き、引き込みの女が内側から開けた、その瞬間に、裏道の両側から火付盗賊改方の高張提灯《たかはりぢょうちん》が一斉《いっせい》に突き立った。

「あっ……」

「いかぬ。逃げろ!!」

喚《わめ》いたが、もう遅《おそ》い。

両側から捕方が、目つぶしを投げつけつつ、

「盗賊改方だ。神妙にいたせ」

突棒《つくぼう》、刺股《さすまた》、袖搦《そでがらみ》などをそろえて、じりじりと迫《せま》る。

「突き破れ!!」

黒覆面《ふくめん》の大野弁蔵が大刀を引きぬき、左手の捕方へ真先《まっさき》に躍《おど》り込んだ。

幅《はば》三間の裏道で、

「芋《いも》を洗う……」

ような闘《たたか》いがはじまった。

同心・沢田小平次は、長さ一尺七寸の盗賊改方が使う十手《じって》を揮《ふる》い、たちまちに三名を叩き倒している。

盗賊どもも、必死であった。

渦《うず》を巻くように双方が撃《う》ち合い、もみ合い、その一部が紀伊国橋と江戸城の外濠《そとぼり》をむすぶ南北の道へこぼれ出たとき、捕物陣を切り破った大男が一人、まっしぐらに紀伊国橋の北詰まで逃げて来た。

その前へ、

「待っていたぞ」

河岸の材木置場の蔭からあらわれた長谷川平蔵が、

「おのれ一人らしいな。此処まで逃げて来られたのは……」

「たあっ!!」

大男が、猛然と刃《やいば》を突き入れてきた。

ぱっと退《しさ》った平蔵へ、

「ぬ!!」

息もつかせず、二の太刀が襲いかかる。

こやつの腕前は相当なものだ。

彼方の捕物の怒号《どごう》、悲鳴《ひめい》が、まるで、地震でも起ったような響《とよ》みとなってわきあがった。

大男を追って来る者は一人もいない。

乱闘の最中《さなか》だし、こぼれ落ちた大魚《たいぎょ》に気づかなかったのであろう。

紀伊国橋の中ほどまで、するする後退《こうたい》した長谷川平蔵が、手にした木太刀を、いきなり大男めがけて投げつけた。

尋常の者が投げたのではない。

高杉一刀流の名手が、後退しつつ、ねらいをさだめ、下から掬《すく》い投げるように投げ撃った木太刀は闇を切って、大男の顎《あご》のあたりへ命中《めいちゅう》した。

「う……」

よろめいて、振りかぶった刀を脇構《わきがま》えに移しつつ、飛び退《しさ》った大男へ、平蔵が弦《つる》をはなれた矢のごとく飛びかかり、体当りをくわせた。

「あっ……」

さらに、よろめく相手の股間《こかん》の一物《いちもつ》を、平蔵が蹴《け》りあげた。

これは、たまらなかったろう。

「むう……」

刀を落し、股間を両手に押えて膝《ひざ》を突いた大男の頸筋《くびすじ》の急所を、平蔵が手で打ち据《す》えた。

大男の躰が、前のめりに橋板の上へ倒れ伏した。

この夜の捕物で、盗賊五名が斬り殪《たお》され、大男をふくむ十五名は、ことごとく捕えられた。

盗賊改方の死者はない。重軽傷が合わせて十二名であった。

長谷川平蔵が捕えた大男は、近江《おうみ》・膳所《ぜぜ》の、浪人くずれの盗賊の首魁《しゅかい》で、名を滝口金《たきぐちきん》五郎《ごろう》といい、年齢は四十三歳であった。

牛込の中屋幸助方と、一昨年の平松屋宗七方の押し込みは、この滝口金五郎一味《いちみ》の犯行であったことが、その後の取調べであきらかになった。

吉野道伯も同じ夜に、家族や奉公人ともども、湯島の屋敷で捕えられた。

吉野道伯は、病床《びょうしょう》についていて、当夜の滝口一味の押し込みを、まったく知らなかった。

だからといって、道伯が滝口金五郎一味と無関係だったのではない。

そして、関屋村の道伯の寮の土蔵の奥から、およそ一万四千両におよぶ盗金《とうきん》が発見されたのである。

この取り調べは、長くかかった。

何故なら、渡辺丹波守・永井伊織の両家にも関わることであり、盗賊改方の一存《いちぞん》では解決できぬところもあったからだ。

若年寄・京極備前守をはじめ、評定所の裁決が下るまでは、およそ半年を要した。

この間にも長谷川平蔵と盗賊改方は別の事件に追われることになるのだが、それにしても、あの権兵衛酒屋の亭主は……いや、永井弥一郎はどうしているのであろう。

「死んでしまったのなら別のことだが……生きているかぎり、きっと、わしの前へあらわれよう」

長谷川平蔵は、何やら、自信ありげに、そういったものだ。

そして、駒込の権兵衛酒屋には、依然、大滝の五郎蔵・おまさの夫婦が泊り暮している。

七

永井弥一郎が捕えられたのは、この年の秋も深まった或日の夕暮れどきであった。

捕えたのは、乞食坊主を自称する井関録之助と相模の彦十である。

場所は……。

何と、小石川・柳町の西光寺の墓地においてだ。

その墓地の一隅に、お浜を葬《ほうむ》ってあり、〔俗名、浜《はま》の墓〕と、寺の和尚が書きしたためた白木《しらき》の墓標《ぼひょう》の前で、泣きに泣いている永井弥一郎を、二人が捕えた。

これまでに長谷川平蔵は、駒込の権兵衛酒屋へ泊り込んでいる五郎蔵とおまさに、

「亭主夫婦のことを尋《たず》ねる以前の客や、近辺の人びとへも、折あるたびに申しておけ。女房は病死して、小石川・柳町の西光寺の墓地へ葬られたと、な。さすれば、いつかはきっと、永井弥一郎の耳へとどくであろう。何となれば、事がおさまったのを見きわめ、弥一郎は、かならず女房のお浜の安否をたしかめずにはいられまい。したがって、お浜

と共に暮していたあのあたりへ、ひそかにあらわれ、様子を探《さぐ》ろうとするにちがいないからじゃ」

いいふくめたが、大滝の五郎蔵は、

「おまさ。そんなに、うまく行くかな？」

いささか、心細げであったが、

「いいえ、お前さん。あの夫婦は、きっと仲がよかったにちがいありませんよ。それでなくて、なんで、あのお浜が、逃げた亭主を庇《かば》おうとして、島田の旦那の刀を奪《うば》い取ってまで自害をするものですか」

「それにしては、女房を置き去りにして、手前《てめえ》だけ、逃げるなんざ、どうも気に入らねえ」

「夫婦の間のことは、他人にはわかりませんよ」

「おれたちのことも、他人にはわからねえか……」

「そうですとも」

「うふ、ふ……そうか。そんなものかも知れねえなあ」

ところが、平蔵のねらいは、まさに適中《てきちゅう》した。

弥一郎は、駒込あたりをうろついていて、以前のなじみ客に出会い、

「爺《とっ》つぁん。いま、何処にいるのだ？　おかみさんは死んだとなあ」

と、声をかけられたというのである。

「弥市……いや、永井弥一郎。いままで、何処に隠れていたのじゃ？」

役宅へ連行された弥一郎に、長谷川平蔵が尋《たず》ねた。

「あち、こちと、ながれ歩いておりました」

「なるほど。そのほうならば、この半年を暮すだけの金《もの》には困らなかったろう。むかしは知らず、その後は女房と共に盗賊どもの片割《かたわ》れをつとめたこともある身ゆえ、な」

窶《やつ》れ果てた旅姿の弥一郎の、乱れた白髪が震《ふる》えはじめた。

「吉野道伯が、すべてを白状《はくじょう》におよんだぞ」

「う……」

「むかし、道伯が、六百石の当主であった永井弥一郎をたくみにさそい出し、浅草の水茶屋の女で、お絹《きぬ》とか申すのを世話をした。美しい女であったそうな」

「……」

「さもなくば、妻を病《やま》いに失《うしな》ったとはいえ、そのほうも、我を忘れることもなかったろうに……」

「お、恐れ入り……」

「そのお絹が女賊《おんなぞく》であったとは、な……六百石の旗本が盗賊どもと狎《な》れ合うのでは、身を引いて家督《かとく》を養子の弟・伊織へゆずりわたすのも、いたしかたのないことか」

それもこれも、いまは亡き渡辺丹波守直義が、おのれの実の子である伊織を永井家の当主にさせたいがために、

「何ぞ、手立《てだ》てはないか？」

と、腹ちがいの弟の吉野道伯へはかったのが、発端《ほったん》となったのである。

それがために、渡辺丹波守自身も、道伯に押え込まれる破目になったのは、いうをまたない。

おそらく丹波守直義も、義弟の道伯が盗賊一味とむすびついていようとは、このときまでおもいおよばなかったにちがいない。

そのころ、吉野道伯と結託《けったく》していたのは、名越《なごし》の松右衛門《まつえもん》という盗賊で、これは三カ条の掟《おきて》をまもりぬいた本格の盗《つと》めをしていたわけだから、道伯も、安泰《あんたい》に悪の世界を歩《あゆ》んで来られた。

屋敷を脱走した永井弥一郎は、もはや自暴自棄のかたちで、お絹と共に江戸をはなれ、名越の松右衛門の世話を受けるようになった。

そして、しだいに、弥一郎が松右衛門の盗《つと》めを手つだうようになったのは、先ず当然の成り行きであったろう。

名越の松右衛門は、永井弥一郎が知っている十四、五年の間に、上方で二度、江戸で二度、合わせて四度の盗めをしているきりであった。

この間に、押し込みでは、一人も殺傷をしていない。

江戸での盗めの折には、関屋村の吉野道伯の寮が［盗人宿］となった。

道伯は、長期間にわたる盗めに出資をし、押し込み先の手引きをした。

名声を得ている吉野道伯だけに、富裕の商家との交際も少くない。

こうして、永井弥一郎も十数年ぶりに江戸へもどったのだ。

「お絹は、どうしたのじゃ?」

「は……十年ほど前に、手まえが、殺《あや》めました」

「何故に?」

「他に、男を……」

「それで、よく、名越の松右衛門が、そのほうをゆるしたものじゃな」

「お絹は、松右衛門をも、盗めの上で裏切ったのでございます」

「ふうむ……」

永井弥一郎が江戸へ来てから、名越の松右衛門の、江戸における最後の盗めがおこなわれた。

これは長谷川平蔵も、おぼえている。

小網町の線香問屋《せんこうどんや》・熊野屋作兵衛《くまのやさくべえ》方へ押し込み、三千数百両を奪《うば》った事件である。

このとき、熊野屋方の手代《てだい》と小僧を合わせて四名、名越一味が重傷を負《お》わせたのだ。

「これで、もう、わしの盗めは終りじゃ」

ついに、掟《おきて》を破ってしまった名越の松右衛門は、落胆《らくたん》のあまり盗金《とうきん》を残らず配下の者たちへ分けあたえ、ひとり、飄然《ひょうぜん》と故郷の伊勢の国へ姿を隠した。

そのときに、松右衛門が、

「お前さまの、たよりになる婆《ばば》じゃ。共に暮しなされ」

こういって、お浜を弥一郎に引き合わせたのである。

この二人は、しばらくして駒込村の百姓家を買い、人目《ひとめ》を忍ぶように、居酒屋をはじめた。

それが、権兵衛酒屋なのである。

むろん、二人とも、盗みの世界へは、

「二度と足を踏《ふ》み込まぬ……」

決意をしていたのだ。

それが、そうはまいらぬことになりかけてきた。

というのは……。

名越の松右衛門が一味を解散したのち、その一部は、依然、吉野道伯と接触していたが、

「これでは、人数《にんず》も足《た》りねえし、どうにもならねえ」

「これからは、もう、名越のお頭《かしら》のように、一つの盗めを何年もかかってやっていたのでは、うめえ酒ものめなくなる」

そこで、ろくに吉野道伯へ諮《はか》りもせずに引き入れたのが、浪人盗賊の滝口金五郎であった。

このため、様相《ようそう》はがらりと変った。

滝口金五郎は、先ず、麹町の平松屋宗七へ押し込み、二十名を惨殺《ざんさつ》して金品を奪《うば》った。

「約束が、ちがうではないか」

吉野道伯は、この畜生盗めを知って蒼《あお》くなり、金五郎を詰《なじ》った。

腹ちがいの兄・渡辺丹波守屋敷へ出入りの平松屋は、吉野道伯とも親しく、したがって道伯は平松屋の内情も、店舗や住居の間取りも、よくわきまえている。

それを知らせて、道伯が、

「名越の松右衛門同様、じっくりと月日をかけて押し込み、決して相手方の血を流してはならぬ」

いいわたしておいたにもかかわらず、道伯へは断《こと》わりもなく押し込み、流血の犯行を平然とやってのけた。

この時点では、まだ、弥一郎とお浜の所在が盗賊どもに知れていなかったが、

「さよう……去年の秋でございましたか、お浜どのが……」

と、永井弥一郎がいいさしたので、長谷川平蔵は不審《ふしん》におもった。

あの、盗賊の片割れであるお浜婆を、弥一郎が敬《うやま》って「どの」とよぶことに異常を感じたからである。

「お浜が、いかがした?」

「吉祥寺の裏道を歩いているところを、以前は名越の一味であった貝野《かいの》の吉松《きちまつ》という男に見つけられ、後を尾《つ》けられ、駒込の店へ入るのを突きとめられてしまいました」

いまはもう、あきらめきって、永井弥一郎は語りはじめた。

それから、吉松の、

「また、仲間《なかま》になれ」

とのさそいが執拗《しつよう》につづけられた。

だが弥一郎も、お浜も屈《くっ》せずにはねつけた。

そこで、滝口金五郎の、

「われらや、道伯先生の秘密を知っていながら、一味に加わらぬというのでは、われらが危《あぶな》くなる。かまわぬから、斬って捨てい」

ということになったのは、捕えた貝野の吉松の自白《じはく》によって、平蔵も承知している。

そして、権兵衛酒屋が襲われたのであった。

「あのとき、お浜を捨てて何故、逃げたのじゃ？」

平蔵がこういったとき、永井弥一郎は何ともいえぬ慚愧《ざんき》の表情を浮かべた。

襲いかかって来た浪人どもを恐れたというよりも、つづいて飛び込んだ平蔵の、

「うごくな、神妙《しんみよう》にせよ。盗賊改方・長谷川平蔵である!!」

その激しい叱咤《しった》に弥一郎は、

「なさけなくも肝《きも》が縮《ちぢ》み、我を忘れて、走り逃げました」

消え入るような声で、こたえた。

それからの、滝口金五郎一味のうごきについては、もはや、のべるまでもあるまい。

金五郎は関屋村の寮を、わがものとして、湯島の屋敷で心痛《しんつう》のあまり病床に臥《ふ》した吉

野道伯には見張りをつけ、丹波守下屋敷に以前から住みついている大野弁蔵と連絡を取り合い、中屋幸助方を襲った。

名薬・順気剤の効能については、かねてから吉野道伯から聞きおよんでいたので、これを盗み奪《と》り、いずれは上方あたりで何かの役に立てるつもりであったという。

これも、道伯から内情を聞き取っておいた加賀屋吉久方への押し込みについては、

「長谷川平蔵も討ち取ったし、こちらの様子は当分、さとられまいから、急ぎ押し込み、これまでの資金と合わせて江戸から運び出し、上方で一息《ひといき》入れよう」

と、滝口金五郎はいった。

盗賊改方のうごきについて、金五郎一味は、まったく気づかなかった。

「名越の松右衛門なれば、おそらく、このような失敗《しくじり》はいたさなかったろう」

長谷川平蔵は、佐嶋忠介へ、

「それにしても、吉野道伯が、ようも吐《は》いたことよ」

「おのれの余命《よめい》いくばくもなきことを、悟《さと》ったのでございましょう」

「さすがに、そこは医者じゃ」

「はい」

丹波守下屋敷でも、吉野道伯から、

「知り合いの者じゃ。しばらく、あずかってもらいたい」

そうたのまれて、住み暮すことを引き受けた大野弁蔵たちを、いささかも、疑《うたが》ってい

なかったらしい。

それにしても……。

役宅から評定所へ引きわたされる前に、永井弥一郎が告白したことは、長谷川平蔵をおどろかせた。

「お浜どのと私は、夫婦ではありませなんだ。お浜どのは……お浜どのは、いまの永井家の当主《あるじ》、伊織《いおり》の生みの母でございます。このことを知りましたのは、お浜どのと共に暮すようになりましてからで……同時に、むかし、渡辺丹波守が吉野道伯に計り、私めを永井家から追い退《の》けようといたしたことを、ようやくに知ったのでございます」


翌年の早春の一月。

長谷川平蔵は、佐嶋忠介、井関録之助、それに高橋勇次郎をともない、小石川の西光寺において、亡きお浜の一周忌の供養《くよう》をおこなった。

処刑された永井弥一郎の遺体《いたい》は、他の盗賊どものそれと共に始末されたのであろう。

吉野道伯は処刑の前に牢死《ろうし》している。

そして、渡辺丹波守、永井伊織の両家は取《と》り潰《つぶ》しになった。

「御公儀《ごこうぎ》も、おもいきって仕てのけたものよ」

供養が終ったのち、庫裡《くり》の一間で、和尚をもまじえて酒を酌《く》みかわしつつ、長谷川平

蔵が、

「哀《あわ》れなのは、お浜じゃ。伊織を生んでのち、いったんは実家《さと》へもどされたが、半狂乱となって家出《いえで》をし、それから、さて……さまざまな目に合うたのであろうな。そして、ついに、名越の松右衛門一味の笠屋の友次郎と夫婦になり、盗みの汚《よご》れ道を歩み出したという……」

「まったくもって、おどろき入りました」

「世間《せけん》は、ひろくて狭《せま》いものじゃ」

夜に入ってから、平蔵と佐嶋と高橋勇次郎は、井関録之助に見送られて庫裡を出た。

「高橋。もう、傷痕《きずあと》は疼《うず》かぬか？」

「このごろ、冷えてまいったので、いささか……」

「おぬしも、とんだ目《め》に会ったのう」

「いえなに……」

「ま、当分は役宅におるがよい。行手《ゆくて》のことが決《き》まるまではな」

「ありがとう存じます」

佐嶋が暗い夜空を仰ぎ、

「これは、雨になりましょうな」

そういったときだ。

見送って出た井関録之助が、

「ちょ、ちょっと……」

平蔵の袖を引いた。

「どうした？」

「あれを……」

「む……？」

「ほれ、あそこです」

録之助は、墓地の彼方を指《ゆび》さした。

そこは、ちょうど、お浜の墓標が在《あ》る辺《あた》りで、青白い燐火《りんか》が一つ、ふわふわと暗夜の闇にただよっている。

ときがときだけに、四人とも押しだまって、凝《じっ》と見入った。

「お浜が、供養をよろこんでいるのでしょうか……」

と高橋勇次郎。

「いや、なに……」

長谷川平蔵が、かぶりを振って、

「墓のあるところには、よく鬼火《おにび》がただよっているものじゃ」

その声も、何やらしみじみとして、

「おれはなあ、お浜のような女に、滅法《めっぽう》弱いのだ」

ゆっくりと、歩み出したのである。

初出掲載誌「オール讀物」

権兵衛酒屋　（鬼火）　昭和五十二年十一月号
危急の夜　（鬼火その二）　昭和五十二年十二月号
旧友　（鬼火その三）　昭和五十三年　一月号
闇討ち　（鬼火その四）　昭和五十三年　二月号
丹波守下屋敷　（鬼火その五）　昭和五十三年　三月号
見張りの日々　（鬼火その六）　昭和五十三年　四月号
汚れ道　（鬼火　完）　昭和五十三年　五月号

＊本作品の中には、今日からすると差別的表現ないしは差別的表現ととられかねない箇所があります。しかし、それは江戸時代における風習、慣行にもとづく歴史的事実の記述、表現であり、作者に差別を助長する意図がないことは明白です。読者諸賢の御理解をお願いいたします。
文春文庫編集部

文春文庫

鬼平犯《おにへいはん》科《か》帳《ちよう》（十七）特別長篇《とくべつちようへん》 鬼火《おにび》

定価はカバーに
表示してあります

2000年11月10日　新装版第1刷
2009年2月5日　第11刷

著　者　池波《いけなみ》正太郎《しようたろう》
発行者　村上和宏
発行所　株式会社 文藝春秋
東京都千代田区紀尾井町3-23　〒102-8008
TEL 03・3265・1211
文藝春秋ホームページ　http://www.bunshun.co.jp
文春ウェブ文庫　http://www.bunshunplaza.com

落丁、乱丁本は、お手数ですが小社製作部宛お送り下さい。送料小社負担でお取替致します。

印刷・凸版印刷　製本・加藤製本
Printed in Japan
ISBN978-4-16-714269-8

文春文庫

池波正太郎の本

（　）内は解説者。品切の節はご容赦下さい。

池波正太郎
鬼平犯科帳　一

「唖の十蔵」「本所・桜屋敷」「血頭の丹兵衛」「浅草・御厩河岸」「老盗の夢」「暗剣白梅香」「座頭と猿」「むかしの女」の八篇を収録。火付盗賊改方長官長谷川平蔵の登場。（植草甚一）

い-4-52

池波正太郎
鬼平犯科帳　二

「蛇の眼」「谷中・いろは茶屋」「女掏摸お富」「妖盗葵小僧」「密偵」「お雪の乳房」「埋蔵金千両」の七篇。江戸の風物、食物などが、この現代感覚の捕物帳に忘れ難い味を添える。

い-4-53

池波正太郎
鬼平犯科帳　三

「麻布ねずみ坂」「盗法秘伝」「艶婦の毒」「兇剣」「駿州・宇津谷峠」「むかしの男」の六篇を収める。〝鬼平〟と悪人たちから恐れられる長谷川平蔵が、兇悪な盗賊たちを相手に大奮闘。

い-4-54

池波正太郎
鬼平犯科帳　四

「霧の七郎」「五年目の客」「密通」「血闘」「あばたの新助」「おみね徳次郎」「敵」「夜鷹殺し」の八篇を収録。鋭い人間考察と情感あふれるみずみずしい感覚の時代小説。（佐藤隆介）

い-4-55

池波正太郎
鬼平犯科帳　五

〝鬼平〟長谷川平蔵にも危機が迫ることがある。間一髪のスリルに心ふるえる「兇賊」をはじめ、「深川・千鳥橋」「乞食坊主」「女賊」「おしゃべり源八」「山吹屋お勝」「鈍牛《のろうし》」の七篇を収録。

い-4-56

池波正太郎
鬼平犯科帳　六

「礼金二百両」「猫じゃらしの女」「剣客」「狐火」「大川の隠居」「盗賊人相書」「のっそり医者」の七篇。鬼平の心意気、夫婦のたたずまいなど、読者におなじみの描写の筆は一段と冴える。

い-4-57

文春文庫

池波正太郎の本

（　）内は解説者。品切の節はご容赦下さい。

鬼平犯科帳 七
池波正太郎

「雨乞い庄右衛門」「隠居金七百両」「はさみ撃ち」「掻掘のおけい」「泥鰌の和助始末」「寒月六間堀」「盗賊婚礼」の七篇。いつの時代にも変わらぬ人間の裸の姿をリアルに映し出す。

い-4-58

鬼平犯科帳 八
池波正太郎

巨体と髯面を見込まれ用心棒に雇われた男の窮地を救う「用心棒」のほか、「あきれた奴」「明神の次郎吉」「流星」「白と黒」「あきらめきれずに」を収録して、ますます味わいを深める。

い-4-59

鬼平犯科帳 九
池波正太郎

〝隙間風〟と異名をとる盗賊が、おのれの人相書を届けてきた。平蔵をコケにする「雨引の文五郎」。他に「鯉肝のお里」「泥亀」「本門寺暮雪」「浅草・鳥越橋」「白い粉」「狐雨」を収録。

い-4-60

鬼平犯科帳 十
池波正太郎

密偵として働くことになった雨引の文五郎に裏切られた平蔵の心境は如何。盗賊改方の活躍を描いた「犬神の権三」のほか、「蛙の長助」「追跡」「五月雨坊主」など全七篇を収録。

い-4-61

鬼平犯科帳 十一
池波正太郎

同心木村忠吾が男色の侍に誘拐される「男色一本饂飩」、平蔵が乞食浪人に化ける「土蜘蛛の金五郎」、盗んだ三百両を返しにゆく「穴」など全七篇を収録。　（市川久夫）

い-4-62

鬼平犯科帳 十二
池波正太郎

盗賊となった又兵衛との二十数年ぶりの対決を描く「高杉道場・三羽烏」のほか、「いろおとこ」「見張りの見張り」「密偵たちの宴」「二つの顔」「白蝮」「二人女房」の全七篇を収める。

い-4-63

文春文庫

池波正太郎の本

（　）内は解説者。品切の節はご容赦下さい。

鬼平犯科帳　十三
池波正太郎

盗賊の掟を守りぬいて、"真"の盗みをする盗賊が、畜生働きの一味を成敗する「一本眉」のほか、「熱海みやげの宝物」「殺しの波紋」「夜針の音松」「墨つぼの孫八」「春雪」を収録。

い-4-64

鬼平犯科帳　十四
池波正太郎

密偵の伊三次が兇悪犯に瀕死の重傷を負わされる「五月闇」に、「あごひげ三十両」「尻毛の長右衛門」「殿さま栄五郎」「浮世の顔」「さむらい松五郎」の六篇を収録。　（常盤新平）

い-4-65

鬼平犯科帳　十五
特別長篇　雲竜剣
池波正太郎

二夜続いて腕利きの同心が殺害された。その手口は、半年前、平蔵を襲った兇刃に似ている。あきらかに火盗改方への挑戦だ。初登場の長篇「雲竜剣」の濃密な緊張感が快い。

い-4-66

鬼平犯科帳　十六
池波正太郎

出合茶屋で女賊の裸をむさぼる同心の狙いは？　妻を寝とられた腹いせに放火を企てた船頭が、闇夜に商家へ忍び入る黒い影を見たとき……。巷にしぶとく生きる悪に挑む鬼平の活躍。

い-4-67

鬼平犯科帳　十七
特別長篇　鬼火
池波正太郎

もと武士らしき男がいとなむ"権兵衛酒屋"。その女房が斬られ、亭主は現場から姿を消す。謎を探る鬼平に兇刃が迫る。「むうん……」平蔵の唸り声がした。力作長篇「鬼火」の迫力。

い-4-68

鬼平犯科帳　十八
池波正太郎

大恩ある盗賊の娘が狙われている。密偵の仁三郎は平蔵に内緒で非常手段をとった。しかし、待っていたのは死であった。盗賊上がりの部下を思いやる「一寸の虫」ほか佳篇五作。

い-4-69

文春文庫

池波正太郎の本

（　）内は解説者。品切の節はご容赦下さい。

池波正太郎
乳房
不作の生大根みたいだと罵られ、逆上して男を殺してしまった女が辿る数奇な運命。それと並行して平蔵の活躍を描く鬼平シリーズの番外篇。乳房が女を強くすると平蔵はいうが……。（常盤新平）
い-4-86

池波正太郎
秘密
はずみで家老の子息を斬殺し、江戸へ出た主人公に討手がせまるが、身を隠す暮らしのうちに人の情けと心意気があった。再び人は斬るまい……。円熟の筆で描く当代最高の時代小説。

い-4-42

池波正太郎
蝶の戦記（上下）
白いなめらかな肌を許しながらも、忍者の道のきびしさに生きてゆく於蝶。川中島から姉川合戦に至る戦国の世を、上杉謙信のために命を賭け、燃え上る恋に身をやく女忍者の大活躍。

い-4-76

池波正太郎
火の国の城（上下）
関ヶ原の戦いに死んだと思われていた忍者、丹波大介は雌伏五年、傷ついた青春の血を再びたぎらせる。家康の魔手から加藤清正を守る大介と女忍び於蝶の大活躍。（佐藤隆介）
い-4-78

池波正太郎
忍びの風（全三冊）
はじめて女体の歓びを教えてくれた於蝶と再会した半四郎。姉川合戦から本能寺の変に至る戦国の世に、相愛の二人の忍者の愛欲と死闘を通して、波瀾の人生の裏おもてを描く長篇。

い-4-80

池波正太郎
幕末新選組
青春を剣術の爽快さに没入させていた永倉新八が新選組隊士となった。女には弱いが、剣をとっては隊長近藤勇以上といわれた新八の痛快無類な生涯を描いた長篇。（佐藤隆介）
い-4-83

文春文庫

鬼平犯科帳の世界

（　）内は解説者。品切の節はご容赦下さい。

佐藤隆介編
池波正太郎・鬼平料理帳
登場人物が旨そうに食べる場面は「鬼平犯科帳」の一つの魅力。シリーズ全巻から〝美味〟の部分を抜き出し、平蔵の食の世界とその料理法を再現。池波正太郎の「江戸の味」を併載。

さ-14-1

里中哲彦
鬼平犯科帳の真髄
「鬼平犯科帳」全篇をつうじて、いちばん幸せな男は誰か？　鬼平役者の秘話あれこれ等、テレビから映画に到るまで、本格派のファンが気持ちを気ままにつづって笑いを誘う副読本。（梶芽衣子）
さ-37-1

里中哲彦
鬼平犯科帳の人生論
お金の使い方から女にモテるコツ、そして部下とのつきあい方など、人生のイロハのすべてを「鬼平犯科帳」に学んでしまおうという、鬼平マニアならではの大胆な教養書。（真田健一郎）
さ-37-2

高瀬昌弘
鬼平犯科帳人情咄
私と「長谷川平蔵」の30年

松本幸四郎（白鸚）から中村吉右衛門まで。永遠のテレビ時代劇「鬼平犯科帳」を32年間撮影してきた監督がつづる撮影秘話。池波正太郎との交友録から、各主役脇役のエピソードが満載。

た-54-1

文藝春秋編
「鬼平犯科帳」お愉しみ読本
鬼平という人物の魅力、人心掌握術の見事さ、当時の江戸の様子、平蔵の刀や煙管についての蘊蓄等々、様々な人々が多面的に池波正太郎作「鬼平犯科帳」のユニークさ、面白さを追究！

編-2-18

文藝春秋編
鬼平舌つづみ
文春ウェブ文庫ホームページの名物コラム。青柳の小鍋立て、鰹のづけ丼、蛸の塩茹でと蒸し里芋など、「鬼平犯科帳」の〝食〟にヒントを得た料理人万作の新作料理四十八品。レシピ付。

編-2-34

文春文庫

時代小説

（　）内は解説者。品切の節はご容赦下さい。

泡坂妻夫
朱房の鷹 宝引の辰 捕者帳
将軍様の鷹が殺された。ご公儀の威光を笠にきた鷹匠に対する庶民の恨みと思いきや……。表題作ほか「笠秋草」「面影蛍」など全八篇。江戸情緒満載の人気捕者帳！（寺田博）
あ-13-11

泡坂妻夫
鳥居の赤兵衛 宝引の辰 捕者帳
大盗賊が活躍する読本「鳥居の赤兵衛」が、貸本屋の急死と同時に紛失。続きが読みたい清元の師匠・閑太夫《かんだゆう》は読本の行方を追うが……。お馴染み辰親分の胸のすく名推理。（末國善己）
あ-13-13

泡坂妻夫
写楽百面相
寛政の改革下の江戸の人々を衝撃的な役者絵が魅了した。謎の絵師・写楽の正体を追う主人公は、やがて幕府と禁裏を揺るがす妖しの大事件に巻き込まれ――傑作時代長篇推理。（縄田一男）
あ-13-12

浅田次郎
壬生義士伝《みぶぎしでん》（上下）
「死にたぐねえから、人を斬るのす」――生活苦から南部藩を脱藩し、壬生浪《みぶろ》と呼ばれた新選組の中にあって人の道を見失わなかった吉村貫一郎。その生涯と妻子の数奇な運命。（久世光彦）
あ-39-2

秋山香乃《かの》
歳三　往きてまた
鳥羽・伏見の戦いで新式装備の薩長軍になす術もなく敗れた歳三は、その後も東北各地で戦い続け、とうとう最果ての地・箱館にたどり着く。旧幕府軍最後の戦いに臨んだ歳三が見たものは。
あ-44-1

秋山香乃
新選組藤堂平助
江戸の道場仲間と共に京へ上り、新選組八番隊長でありながら、新選組を離脱、御陵衛士として、その新選組に油小路で惨殺された北辰一刀流の遣い手・藤堂平助の短い半生を赤裸々に描く。
あ-44-2

文春文庫

時代小説

（　）内は解説者。品切の節はご容赦下さい。

岩井三四二《みよじ》

月ノ浦《つきのうら》惣庄《そうしょう》公事置書《くじのおきがき》

室町時代の末、近江の湖北地方。隣村との土地をめぐる争いに公事（裁判）で決着をつけるべく京に上った月ノ浦の村民たち。その争いの行方は……。第十回松本清張賞受賞作。（縄田一男）

い-61-1

岩井三四二

十楽《じゅうらく》の夢

戦国時代末期、一向宗を信じ、独自に自治を貫いてきた地・伊勢長島は、尾張で急速に勢力を伸ばしてきた織田信長の猛烈な脅威に晒される。果たしてこの地を守り抜くことが出来るのか。

い-61-2

宇江佐真理

幻の声

髪結い伊三次捕物余話

町方同心の下で働く伊三次は、事件を追って今日も東奔西走。江戸庶民のきめ細かな人間関係を描き、現代を感じさせる珠玉の五話。選考委員絶賛のオール讀物新人賞受賞作。（常盤新平）

う-11-1

宇江佐真理

紫紺のつばめ

髪結い伊三次捕物余話

伊勢屋忠兵衛からの申し出に揺れるお文。伊三次との心の隙間は広がるばかり。そんな時、伊三次に殺しの嫌疑が。法では裁けぬ人の心を描く人気捕物帖、波瀾の第二弾。（中村橋之助）

う-11-2

宇江佐真理

さらば深川

髪結い伊三次捕物余話

伊三次と縒りを戻したお文に執着する伊勢屋忠兵衛。袖にされた意趣返しが事件を招き、お文の家は炎上した——。断ち切れぬしがらみ、名のりあえない母娘の切なさ……急展開の第三弾。

う-11-3

宇江佐真理

さんだらぼっち

髪結い伊三次捕物余話

芸者をやめ、茅場町の裏店で伊三次と暮らし始めたお文。念願の女房暮らしだったが、子供を折檻する近所の女房と諍いになり、長屋を出る。人気の捕物帖シリーズ第四弾。（梓澤要）

う-11-5

時代小説

（　）内は解説者。品切の節はご容赦下さい。

黒く塗れ
髪結い伊三次捕物余話

宇江佐真理

お文は身重を隠し、お座敷を続けていた。伊三次は懐に余裕がなく、お文の子が逆子で心配事が増えた。伊三次を巡る人々に幸あれと願わずにいられぬ、人気シリーズ第五弾。（竹添敦子）

う-11-6

君を乗せる舟
髪結い伊三次捕物余話

宇江佐真理

不破友之進の息子が元服して見習い同心・龍之進に。朋輩とともに「八丁堀純情派」を結成した龍之進に「本所無頼派」の影が立ちはだかる。髪結い伊三次捕物余話第六弾。（諸田玲子）

う-11-8

余寒の雪

宇江佐真理

女剣士として身を立てることを夢見る知佐は、江戸で何かを見つけることができるのか。武士から町人まで人情を細やかに描く七篇。中山義秀文学賞受賞の傑作時代小説集。（中村彰彦）

う-11-4

桜花《さくら》を見た

宇江佐真理

隠し子の英助が父に願い出たこととは。刺青判官遠山景元と落し胤《だね》との生涯一度の出会いを描いた表題作ほか、蠣崎波響など実在の人物に材をとった時代小説集。（山本博文）

う-11-7

転がしお銀

内館牧子

公金横領の濡れ衣で切腹した兄の仇を探すため、東北の高代から江戸へ出て、町人になりすますお銀親子。住み着いた下町のオンボロ長屋に時ならぬ妖怪が現れ、上を下への大騒ぎ……。

う-16-2

椿山

乙川優三郎

城下の子弟が集う私塾で知った身分の不条理、恋と友情の軋み。下級武士の子・才次郎は、ある決意を固める。生きることの切なさを清冽に描く表題作など、珠玉の四篇を収録。（縄田一男）

お-27-1